KB275912

잭과 콩나무
골딜락스와 곰 세 마리 | 붉은 암탉

Jack and the Beanstalk |
Goldilocks and the Three Bears | The Little Red Hen

어린 시절 누구나 한 번쯤 읽게 되는 아름다운 동화와 명작들! 이젠 영어로 읽어 볼까요?

한글 번역본을 읽을 때와는 전혀 다른 재미와 감동을 느낄 수 있고, 이미 알고 있는 이야기들이라 생각보다 어렵지 않습니다. 즐겁게 읽어 나가는 사이에 독해력이 쑥쑥 자라는 것은 물론이죠.

「행복한 명작 읽기 Basic」 시리즈는 영어로 된 이야기책을 처음 접하는 왕초보들을 위해 개발되었습니다. 250단어 수준의 짧고 쉬운 문장으로 이루어져 있어 영어 읽기를 처음 시도하는 초급자나 초, 중, 고등학생들이 보다 즐겁게, 보다 효과적으로 영어 명작들을 읽으며 독해력을 키울 수 있습니다.

영어표현 및 문법에 대한 친절한 설명, 어휘 학습과 내용의 이해를 돕는 퀴즈들, 그리고 매 페이지 펼쳐지는 멋진 그림들까지 어디 한 군데 소홀함 없이 구성했습니다. 여기에 권말 특별부록 '독해 길잡이'와 '리스닝 길잡이'를 곁들여 읽기뿐 아니라 체계적인 리스닝 학습까지 아우르고 있습니다. 또한 CD에 '오디오북' 형식으로 전문 미국 성우들의 생동감 넘치는 원음을 담았습니다.

본문은 원어민 전문 필진이 교육부 선정 기본 어휘를 바탕으로 실생활에 많이 쓰이는 기본 어휘를 사용해 표준 미국식 영어로 리라이팅하였기 때문에 학교 영어 학습에도 큰 도움이 될 것입니다. 「행복한 명작 읽기 Basic」 시리즈를 끝낸 후에는 다락원의 5단계 독해력 증강 프로그램 「행복한 명작 읽기」 시리즈를 본격적으로 시작할 기본 영어 실력을 탄탄히 갖추게 되었음을 몸소 느낄 수 있을 것입니다. 「행복한 명작 읽기」 시리즈를 통해 영어를 읽고 듣는 재미에 푹 빠져 보시기 바랍니다.

– 행복한 명작 읽기 연구회 –

잭과 콩나무
Jack and the Beanstalk

〈잭과 콩나무〉는 영국의 설화로, 바이킹과 함께 영국에 들어온 이야기이다. 이야기는 가난한 집에서 홀어머니와 살고 있는 잭이 시장에 나가 늙은 소를 파는 것으로 시작된다. 정체 모를 사내가 잭에게 다가와 요술 콩 몇 알에 소를 팔겠느냐고 하자 잭은 귀가 솔깃해져서 그 제안을 받아들인다. 잭이 콩 몇 알을 들고 집에 돌아오자 어머니는 화가 나서 그 콩들을 마당에 던져 버리고 만다. 다음날 아침, 그 콩알들이 땅에 뿌리를 내리고 자라 하늘 끝에 닿아 있다. 호기심 많은 잭은 그 콩나무를 타고 끝까지 올라가 보는데…

〈잭과 콩나무〉는 오늘날에도 어린이들에게 큰 사랑을 받고 있는 동화로 자리매김하고 있다.

골딜락스와 곰 세 마리
Goldilocks and the Three Bears

〈골딜락스와 곰 세 마리〉 또한 영국의 전래 동화이다. 구전되어오던 이야기를 영국의 작가이자 시인인 로버트 서디가 책으로 편찬해 내면서 세상에 알려지게 되

었다. 호기심 많은 골딜락스라는 소녀
가 숲속에 있는 한 오두막집에 들어가
서 벌어지는 이야기이다. 숲속에서 먼 길을
걸었던 골딜락스가 배가 고프고 피곤해져서 주인 없는 집에 들어가 그 집 식탁에 있
는 죽을 먹고, 침대에서 잠을 청하게 되는데….

원작은 골딜락스라는 귀여운 소녀가 아니라 할머니가 등장하고, 곰 가족이 아니
라 숫곰 세 마리가 등장하는 무시무시한 이야기인데 어린이들을 위해 순화하였다고
한다. 이로써 전 세계적으로 사랑받는 동화가 되었다.

붉은 암탉
The Little Red Hen

〈붉은 암탉〉은 러시아의 설화로, 1940년대에 미국에서 책으로 출간되어 세계적
으로 유명해졌다. 한 농장에 사는 부지런한 암탉이 먹을 것을 찾아 땅을 헤치다 밀
알을 발견한다. 암탉은 이 밀알들을 심고 가꾸어, 가을에
추수를 해서 밀가루로 빻아 빵을 만든다. 그 과정에서
게으른 세 친구들은 암탉이 하는 일을 어리석게만
보는데….

이 이야기는 세계 어린이들에게 널리 읽혀지며
노동의 미덕을 일깨우고 있다.

How to Use This Book

이 책, 이렇게 보세요

① 영어본문
구문별 · 문장별로 행이 구분되어 있어
의미를 파악하기 쉽습니다.

② 해석 도우미
영문의 요지 및 뉘앙스의 실마리를
제시했습니다.

③ 어휘 설명
초등 수준에서 조금 어려울 수 있는
단어와 표현은 해당 의미를 명기했습니다.

④ 문장 설명
중요 문법 사항이 들어있거나 중요한
구문으로 이루어진 문장에는 해석과
설명을 제시했습니다.
조그맣게 어깨 번호가 있는 문장은
하단을 확인해 보세요.

⑤ Check-up
내용 파악을 잘 했는지 바로 확인해보는
퀴즈입니다.

오디오 CD
영미권에서 즐겨 듣는 '오디오북' 형식을 도입해, 원어민 성우가 표준 미국 영어로 내레이션합니다.
어렵지 않게 영어가 귀에 쏙쏙 들어올 것입니다.

How to Improve Reading Ability

왕초보를 위한 독해 가이드

1단계 군더더기는 필요없다, 키워드를 잡아라.

문장 안의 핵심어를 통해 대략적인 의미를 잡아내는 연습을 해보세요. 단어 몇 개 가지고 짐작으로 무슨 내용인지 생각해 보는 게 무슨 실력이냐 하겠지만, 큰 효과가 있답니다. 계속 해나가다 보면 우연히 맞힌 게 아니라 실력으로 맞힌 것임을 알게 될 것입니다.

2단계 길면 쪼개라.

문장을 의미 단위별로 끊어서 읽으세요. 이 책은 대체로 짧은 문장으로 구성되어 있을 뿐 아니라, 간혹 나오는 비교적 긴 문장은 의미 단위에 맞춰 행이 바뀌어 있습니다. 행이 바뀌는 게 거슬리는 순간, 여러분은 다음 단계로 올라가면 됩니다. 이 때 앞에서부터 차례로 의미를 파악하는 습관을 들이세요. 문장을 거슬러 올라오면서 해석하는 버릇이 들면, 읽는 속도에도 문제가 생기지만 리스닝할 때 큰 난관에 부딪히게 됩니다.

3단계 넘겨 짚는 것도 능력이다, 모르면 추측해라.

모르는 단어가 나와도 바로 사전을 찾지 마세요. 문맥 속에서 유추하는 능력도 길러야 합니다. 전혀 모르겠는 문장도 일단 어떤 이야기일 것이라고 생각해 본 다음에 해석을 확인하거나 사전을 찾도록 합니다.

4단계 많이, 여러 번 읽어라.

영어를 정복하는 지름길은 없습니다. 많이 읽고, 여러 번 읽는 사람만이 정상에 오를 수 있습니다. 꾸준히 영어를 접하다 보면 자기도 모르는 사이에 영어 실력이 쑥 올라간 느낌을 경험하게 될 것입니다.

Contents

Jack and the Beanstalk

잭과 콩나무

Before You Read

가난한 소년 잭은 유일한 재산인 늙은 소를 팔아 요술콩 몇 알을 받습니다. 그 콩알이 싹이 트더니 하룻밤 사이에 하늘 높이 자랐네요. 호기심 많은 잭이 콩나무를 타고 올라가 멋진 모험을 펼친답니다.

castle
성

cool
멋진

above the cloud
구름 위

far away
멀리

puffy cloud
뭉게구름

wooden door 나무로 된 문
knock 노크하다
reach 닿다, 이르다

catch 잡다

This time, I will catch you.
I will eat you.
이번엔 널 잡아서 먹겠어.

giant
거인

mean 못된
angry 화난
fall 떨어지다

drop 떨어뜨리다
by accident 실수로, 우연히
loud noise 큰 소리

mouse hole
쥐구멍

wipe the sweat
땀을 닦다

lay an egg
알을 낳다

get tired of
～에 지치다, 질리다

scared
무서운, 두려운

footstep
발걸음

steal
훔치다

find 찾다, 발견하다
look for ～을 찾다
look everywhere
사방을 둘러보다

pick up
들어올리다

dresser
서랍장

something shiny
반짝이는 것

fill a pocket with gold
금으로 주머니를 채우다

Up the Beanstalk

콩나무 위로

Long ago, a little old lady lived in a small house.[1]

She had one son. His name was Jack.

They were very poor.

They had nothing but an old cow. 

Jack and the old lady could not get much milk
from it.

"Jack," said the old lady.

"I want you to go to the market. 

I want you to sell our cow.

☐ **beanstalk** 콩나무 줄기	☐ **want to 동사** ~하고 싶다
☐ **long ago** 옛날에	☐ **market** 시장
☐ **poor** 가난한	☐ **sell** 팔다
☐ **live** 살다	☐ **worth** ~의 값어치가 있는, 가치 있는
☐ **nothing but** 오직, 단지 ~일 뿐인	☐ **try to 동사** ~하려고 애쓰다
☐ **get** 얻다, 받다 (get-got-got)	☐ **take** 데리고 가다 (take-took-taken)

It's not worth very much.

Try to get as much as you can for it."

Jack took the old cow to the market.

---

1 옛날 옛적에 한 작은 늙은 여인이 작은 집에 살았다. → **old lady**: 할머니, 늙은 여인. 영미권에서는 친척 할머니에게만 grandmother라고 하고, 모르는 할머니는 **old lady** 또는 **old woman**이라고 표현해요.

He stayed there all day.

Nobody wanted to buy the old cow.

"Come on, cow," Jack said. "Let's go home."

"Wait a minute," a strange man said.

"I want to buy your cow.

I have no money.

But I can give you some magic beans."

Jack needed money.

But magic beans sounded very interesting.[1]

"Okay," he said. "Here's the cow."

Jack went home.

His mother became very angry.

"You fool!" she said.

"How can you sell a cow for beans?"

어떻게 콩을 받고 소를 팔 수 있니?

Check Up

왜 잭은 마법의 콩을 받고 젖소를 팔았나요?

ⓐ 마법의 콩이 필요했기 때문에

ⓑ 마법의 콩이 매우 흥미로웠기 때문에

q : 吕&

- ☐ **stay** 머무르다
- ☐ **all day** 하루 종일
- ☐ **nobody** 아무도 아닌, 아무도 없는
- ☐ **come on** 자, 어서
- ☐ **Wait a minute.** 잠깐 기다려.
- ☐ **strange** 낯선, 이상한
- ☐ **magic** 마법의, 마술의
- ☐ **bean** 콩
- ☐ **sound** ~처럼 들리다
- ☐ **interesting** 흥미로운, 재미있는
- ☐ **angry** 화난, 성난
- ☐ **fool** 바보, 얼간이

1 하지만 마법의 콩은 매우 흥미롭게 들렸다. **→ sound + 형용사**: ~하게 들리다.
한편 '~하게 보이다'라는 말은 흔히 'look + 형용사'로 표현해요.
ex It sounds boring. 들어 보니 재미없을 것 같아.
It looks interesting. 재미있어 보이네.

Jack's mother threw the beans out the window.

They landed in the garden.

Jack was a little angry.

He believed the magic beans were special.

He went to bed.

In the morning, Jack was amazed.

He looked outside and saw a huge beanstalk.

☐ **throw out** 버리다 (throw-threw-thrown)
☐ **land** 내려앉다, 착륙하다
☐ **a little** 조금, 약간
☐ **believe** 믿다
☐ **special** 특별한
☐ **amazed** (대단히) 놀란
☐ **go to bed** 잠자리에 들다 (go-went-gone)

☐ **outside** 밖에
☐ **huge** 거대한, 엄청난
☐ **top** 꼭대기, 정상
☐ **wonder** 궁금하다, 궁금해하다
☐ **start 동사-ing** ~하기 시작하다
☐ **climb** 오르다
☐ **find** 찾다, 발견하다

Jack couldn't see the top of the beanstalk.

"Wow!" he said.

"I wonder how tall it is."[1]

Jack started climbing the beanstalk.

But he couldn't find the top.

He climbed and climbed.

1 콩나무가 얼마나 큰지 궁금한 걸. → how
+ 형용사: 얼마나 ~한지. 문장 안에서 쓰이면
'how + 형용사 + 주어 + 동사'로 표현해요.
ex I asked him how tall he is.
나는 그에게 키가 얼마나 되는지 물었다.

Soon, he was above the clouds. 구름 위에 있는 잭.

He saw a beautiful castle on one of them.[1]

<table>
<tr><td>☐ soon 곧, 이내</td><td>☐ wooden 목재의, 나무로 된</td></tr>
<tr><td>☐ above ~보다 위에, 위로</td><td>☐ knock 두드리다, 노크하다</td></tr>
<tr><td>☐ cloud 구름</td><td>☐ answer 대답하다, 대응하다</td></tr>
<tr><td>☐ castle 성</td><td>☐ pull 잡아당기다</td></tr>
<tr><td>☐ cool 멋진, 끝내주는</td><td>☐ call 부르다</td></tr>
<tr><td>☐ have a look 한번 보다</td><td>☐ suddenly 갑자기</td></tr>
<tr><td>☐ along ~을 따라</td><td>☐ loud 시끄러운</td></tr>
<tr><td>☐ reach ~에 이르다, 도달하다</td><td>☐ noise 소리, 소음</td></tr>
</table>

"What a cool castle," he said.

"I'll go and have a look." 

He walked along the top of the clouds.

He reached the castle.

There was a large wooden door.

Jack knocked on the door.

"Hello," Jack said. "Is anybody home?"

No one answered the door.

Jack pulled the huge door open.

"Hello?" he called again.

Suddenly, Jack heard a very loud noise.

Check Up

어디에 아름다운 성이 있었나요?

ⓐ 구름 위에   ⓑ 콩나무 위에   정답: ⓐ

1 그는 구름들 중 하나에 있는 아름다운 성을 보았다. → **one of + 복수형 명사:** ~중 하나. one of 다음에는 항상 복수형 명사를 쓰는 데 유의하세요.
ex He is one of my students. 그는 내 학생들 중 한 명이다.

It was the sound of a giant lady. 거인 아주머니 소리였어.

The giant lady walked toward Jack.

"What are you doing here?"[1] she asked.

"I'm sorry," Jack said.

☐ **sound** 소리
☐ **giant** 거인
☐ **toward** ~쪽으로, ~을 향하여
☐ **all day** 하루 종일
☐ **tired** 지친, 피곤한

☐ **something** 무엇, 뭔가
☐ **place** 장소, 곳
☐ **rest** 쉬다, 휴식하다
☐ **feel sorry for** ~을 가엾게 여기다
(feel-felt-felt)

"I knocked, but no one answered.

I've been walking and climbing all day.

I'm really hungry and tired.

Can I have something to eat? 

Is there a place I can rest?"

The giant lady looked at Jack.

He looked very tired and hungry.

She felt sorry for him.

Check Up

잭은 성에서 누구를 만났나요?

ⓐ 남자 거인   ⓑ 거인 아주머니

정답: b

1 너 여기서 뭐 하는 거니? ➔ be동사 + 동사-ing: ~하고 있다. 지금 뭔가를 하고 있을 때 쓰는 '현재진행' 시제예요.

ex I am playing a game with my friends. 나는 친구들과 게임을 하고 있다.

She gave Jack a huge piece of bread.

"Here," she said. "Eat this.

You can rest in this mouse hole. 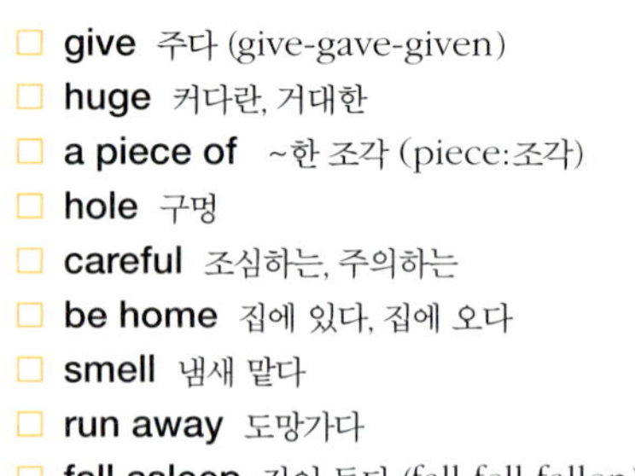

But be careful.

My husband will be home in the morning.

He can smell little boys.

And he likes to eat little boys. 그는 어린 남자아이들을 잡아먹길 좋아해.

When he comes home, you must run away."[1]

- ☐ **give** 주다 (give-gave-given)
- ☐ **huge** 커다란, 거대한
- ☐ **a piece of** ~한 조각 (piece:조각)
- ☐ **hole** 구멍
- ☐ **careful** 조심하는, 주의하는
- ☐ **be home** 집에 있다, 집에 오다
- ☐ **smell** 냄새 맡다
- ☐ **run away** 도망가다
- ☐ **fall asleep** 잠이 들다 (fall-fell-fallen)

"Thank you, giant lady," Jack said.

Jack ate the bread.

He fell asleep in the mouse hole.

Comprehension Quiz

A 잭을 묘사하는 표현을 모두 고르세요.

poor   rich

old   curious

young   big

B 다음 문장이 옳으면 T, 틀리면 F에 표시하세요.

1. Jack sold his cow for some magic beans.   T F
2. Jack walked along the bottom of the clouds.   T F
3. The giant lady felt sorry for Jack.   T F
4. Jack slept in the giant's bed.   T F

Answers

A   poor, young, curious

B   ❶ T   ❷ F   ❸ T   ❹ F

C 등장인물과 대사를 올바르게 연결하세요.

① •

② •

③ •

• (a) "I want you to sell our cow."

• (b) "You can rest in this mouse hole."

• (c) "What a cool castle."

D 이야기 전개에 맞게 다음 문장을 다시 배열하세요.

❶ Jack looked at the top of the clouds.

❷ Jack showed his mother the magic beans.

❸ Long ago, a little old lady lived in a small house.

❹ The giant lady gave Jack a huge piece of bread.

______ ⇨ ______ ⇨ ______ ⇨ ______

Answers

C ❶ (a)   ❷ (c)   ❸ (b)

D ❸ ⇨ ❷ ⇨ ❶ ⇨ ❹

CHAPTER TWO

In the Clouds

구름 속에서

Jack opened his eyes.

It was morning.

He was very scared.

He heard some very loud footsteps. 

"That must be the giant," Jack thought.

"He must be really big." 엄청 큰 게 틀림없어.

"I smell a young boy," called the giant.

"The smell is making me very hungry."[1]

The giant walked around the house.

He was looking for the little boy.

- **open** 열다, (눈을) 뜨다
- **scared** 겁먹은, 무서워하는
- **footstep** 발자국, 발소리
- **must** ~임에 틀림없다
- **walk around** 걸어서 돌아다니다
- **look for** ~을 찾다
- **pick up** ~을 집다, 들어 올리다
- **sofa** 소파
- **dresser** 서랍장
- **underneath** ~의 밑에
- **not ~ either** ~도 아니다

He picked up a huge sofa. 소파를 번쩍 들어 보는 거인.

"Hmm. He's not here," he said.

He picked up a dresser and looked underneath.

"He's not here either." 여기에도 없잖네.

---

1 그 냄새가 나를 매우 배고프게 만드는군. → make + A + 형용사: A를 ∼하게
만들다.
ex His dog made me scary. 그 사람의 개는 날 두렵게 만들었다.

Jack looked out from his mouse hole.

He saw a big bag of gold.

It was the giant's gold.

He also saw that the front door was open.

The giant had forgotten to close it.[1]

- [ ] **look out** 내다보다
- [ ] **a bag of** ~ 한 자루
- [ ] **front door** 정문, 현관
- [ ] **forget** 잊다, 잊어버리다
  (forget-forgot-forgotten)
- [ ] **close** 닫다; (입을) 다물다
- [ ] **quietly** 조용하게, 살며시
- [ ] **fill** 채우다
- [ ] **pocket** 주머니
- [ ] **carry** 나르다; 들고 있다
- [ ] **find** 찾다, 발견하다
- [ ] **take** 가져가다 (take-took-taken)
- [ ] **nothing** 아무것도, 아무것도 없음
- [ ] **lots of** 많은 ~

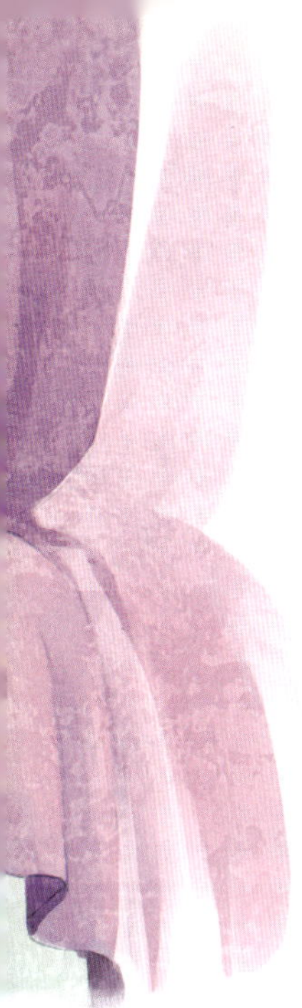

Jack walked quietly to the gold.

He filled his pockets with some of the gold.

He couldn't carry all of it.

Jack was very scared.

"That giant will eat me if he finds me," he thought. 

"And I really shouldn't take his gold.

But Mother has nothing to eat.[2]

I can buy lots of food with this gold."

Check Up

잭은 왜 무서웠나요?

ⓐ 거인이 그를 잡아먹을 거라고 생각했기 때문에

ⓑ 자신이 구름에서 떨어질 거라고 생각했기 때문에

1 거인이 문 닫는 것을 잊어 버렸던 것이었다. ➜ had + 과거분사: '과거완료 시제'로 과거의 한 시점보다 앞서 일어난 일을 표현할 때 쓰는 시제예요.

2 하지만 어머니가 잡수실 게 없어. ➜ to eat은 nothing을 꾸며 주는 말이에요. '먹을 것이 없다'는 뜻이죠. to부정사가 명사를 꾸며 줄 때는 명사의 뒤에 온답니다.

He put the pieces of gold carefully in his pockets.

But he dropped one by accident.

CLINK! 쨍그랑!

The gold made a loud sound.

"What's that?" the giant yelled.

"It is a young boy.

And he's stealing my gold.

Get back here.

I'm going to eat you."[1]

Jack ran out the front door.

The giant ran after him. 거인이 잭의 뒤를 쫓았어.

Jack was small and fast.

He ran into the clouds and hid. 구름 속으로 뛰어들어가 숨었어.

The giant couldn't see him.

☐ **carefully** 조심스럽게	☐ **yell** 소리치다, 고함치다
☐ **drop** 떨어뜨리다 (drop-dropped-dropped)	☐ **steal** 훔치다 (steal-stole-stolen)
☐ **by accident** 어쩌다, 우연히	☐ **get back** 돌아오다
☐ **make a sound** 소리를 내다 (make-made-made)	☐ **fast** 빠른
	☐ **run after** ~을 뒤쫓다 (run-ran-run)
	☐ **hide** 숨다 (hide-hid-hidden)

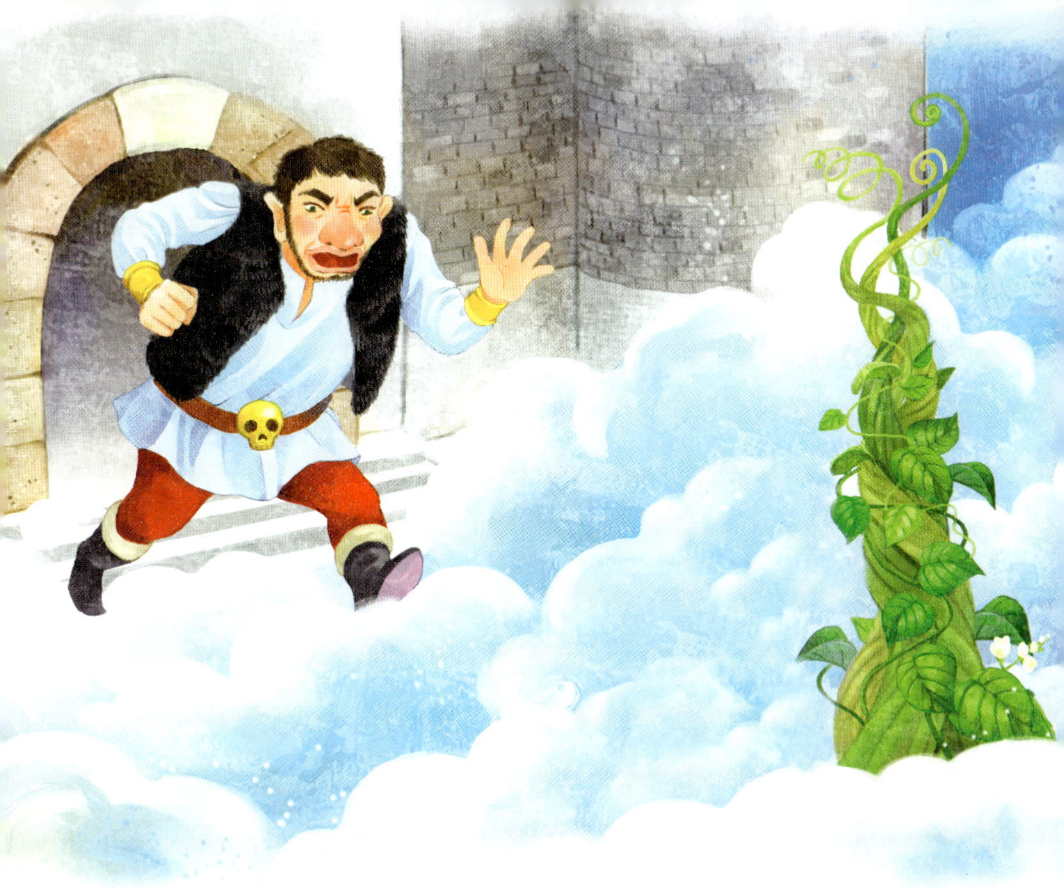

Check Up

잭은 무엇을 떨어뜨렸나?

ⓐ a bag ⓑ a piece of gold

정답 : b

1 내가 너를 잡아먹겠다. → **be동사 + going to + 동사:** ~할 것이다. 가까운 미래에 예정된 일을 표현합니다.

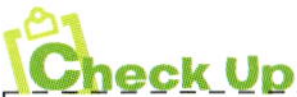

ex I am going to do the dishes. 난 설거지를 할 거야.

Soon, the giant got tired of looking for Jack.

잭을 찾는 게 지겨워진 거인.

"Aaarrrgghhh," he yelled.

The giant was very angry.

But he couldn't find Jack.

So he returned to his castle.

Jack wiped the sweat from his head.

"Phew!" he said. "That was close.

휴~아슬아슬했어.

I'd better get home."[1]

He climbed back down the beanstalk.

콩나무를 타고 내려오는 잭.

He walked into his house.

His mother was waiting.[2]

- ☐ **get tired of** ~에 싫증이 나다 (get-got-got)
- ☐ **return** 돌아오다
- ☐ **wipe** 닦다
- ☐ **sweat** 땀
- ☐ **phew** 〈감탄사〉 후유, 휴
- ☐ **close** 아슬아슬한
- ☐ **'d better** ~하는 것이 좋겠다
- ☐ **into** ~안으로
- ☐ **wait** 기다리다

1 집에 가는 게 좋겠다. ➡ **'d better + 동사**: ~하는 게 좋겠다. had better의 줄임말로 상대방에게 쓸 때는 강요나 명령의 뜻을 나타내요.
   ex You'd better study right now. 지금 당장 공부하는 게 좋을 걸.
2 어머니가 기다리고 있었다. ➡ **was + 동사-ing**: ~하고 있었다. 과거에 일어나고 있었던 일에 대해 표현하는 '과거진행'시제예요.

"Jack," she said. "Where have you been?
I looked for you all day!"

"I have a present for you, Mother," he said.
He emptied his pockets.

Jack's mother's eyes grew wide.[1]
"Oh," she said. "There's so much gold!
Where did you find this?"
Jack told his mother the story.

"You should never steal, Jack," his mother said.
"But that giant sounds really mean.
He eats little boys.
Actually, I'm glad you took his gold."

□ **all day** 하루 종일
□ **present** 선물
□ **empty** 비우다 (empty-emptied-emptied)
□ **grow wide** 커지다 (grow-grew-grown)
□ **never** 절대 ~ 아닌

□ **steal** 훔치다
□ **mean** 못된, 비열한
□ **actually** 사실, 실제로
□ **glad** 기쁜, 즐거운
□ **buy** 사다 (buy-bought-bought)

1   잭의 어머니 눈이 휘둥그래졌다. ➜ **grow + 형용사:** ~해지다. **grow** 대신 **get**이
나 **become**을 쓸 수 있어요.
    ex My dog is growing old. / My dog is getting old. 우리 개는 늙어가고 있다.

Jack went to the market.

He bought lots of food for his mother.

Check Up

잭은 어머니를 위해 무엇을 샀나요?

ⓐ a dress ⓑ food

정답: b

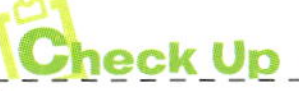

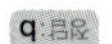

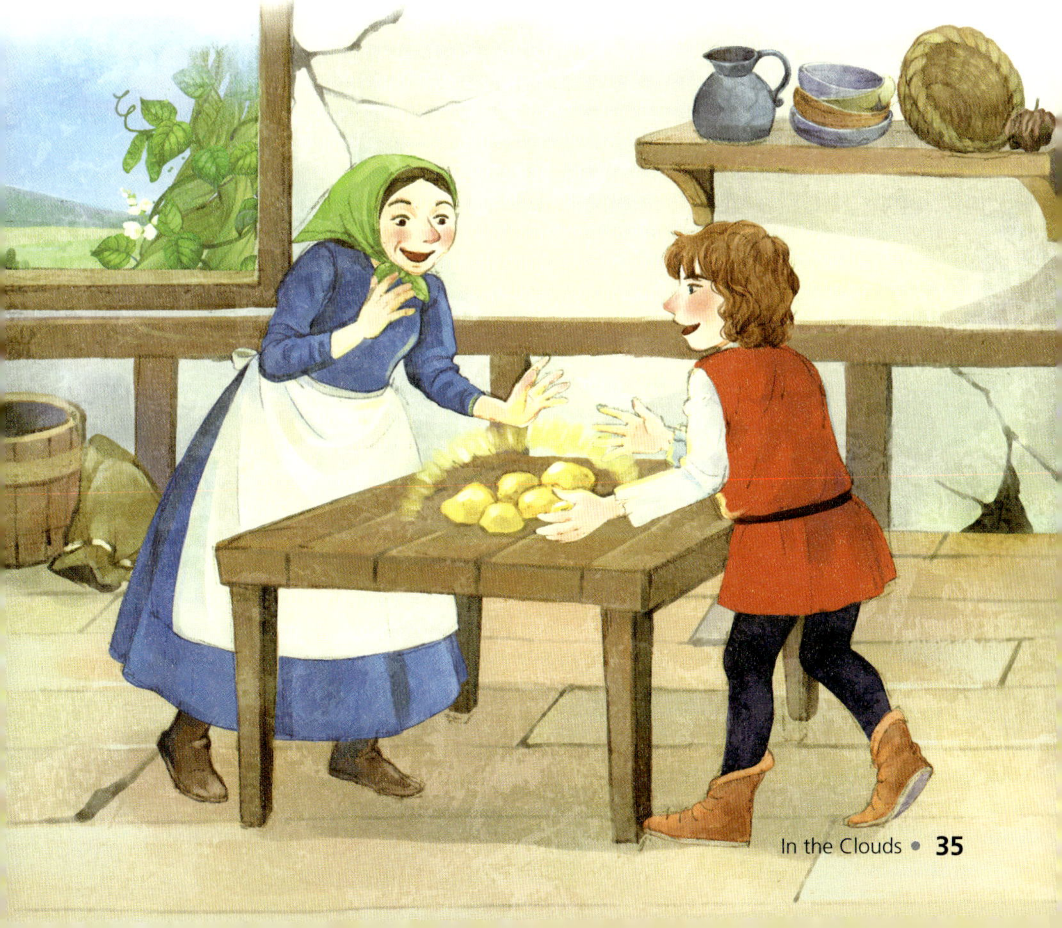

A 주어진 단어의 반대말이 되도록 빈칸을 완성하세요.

❶ closed ↔ o＿＿＿＿d

❷ quiet ↔ l＿＿d

❸ outside ↔ i＿＿＿＿e

❹ something ↔ n＿＿＿＿＿g

❺ always ↔ n＿＿＿r

B 다음 문장이 옳으면 T, 틀리면 F에 표시하세요.

❶ The giant looked for the little boy.　　T　F

❷ Jack wanted to eat the giant.　　T　F

❸ The giant left his front door open.　　T　F

❹ Jack's mother bought lots of food for Jack.　　T　F

Answers

A　❶ opened　❷ loud　❸ inside　❹ nothing　❺ never

B　❶ T　❷ F　❸ T　❹ F

C 거인의 성격을 묘사한 보기를 고르세요.

(a) Happy
(b) Nice
(c) Funny
(d) Mean

D 이야기 전개에 맞게 다음 문장을 다시 배열하세요.

❶ Jack dropped a piece of gold by accident.

❷ Jack went to the market.

❸ Jack saw a big bag of gold.

❹ He climbed back down the beanstalk.

______ ⇨ ______ ⇨ ______ ⇨ ______

Answers

C (d)

D ❸ ⇨ ❶ ⇨ ❹ ⇨ ❷

CHAPTER THREE

Down the Beanstalk

콩나무 아래로

Jack and his mother ate lots of good food.

They ate well for many months.

But, after a while, there was no more gold.

He had no more money to buy food.

He looked at the beanstalk.

"Hmm," he thought.

"I bet that big old giant has more gold.

But it's so dangerous.

That giant will try to eat me again."

Jack didn't know what to do.[1]

□ **well** 잘

□ **for** ~ 동안 (기간을 나타냄)

□ **month** 달, 개월

□ **after a while** 잠시 후

□ **no more** 더 이상 없는 (= not any more)

□ **hmm** 음, 흠

□ **bet** (~이) 틀림없다, 분명하다

□ **dangerous** 위험한

□ **try to 동사** ~하려고 하다, 시도하다

□ **think** 생각하다 (think-thought-thought)

□ **for a while** 잠시 동안

□ **poor** 가엾은, 불쌍한

Jack thought for a while.

He looked at his poor mother.

She was really hungry.

Once again, Jack climbed the beanstalk.

He climbed up farther and farther.[1]

He reached the top of the clouds. 구름 꼭대기까지 올라갔어.

□ **once again** 다시 한 번
□ **farther** 더 멀리
□ **reach** ~에 닿다, 이르다
□ **walk back to** ~로 다시 돌아오다
□ **through** ~을 통해

□ **walk around** 돌아다니다
□ **maybe** 아마도
□ **have a nap** 낮잠을 자다
□ **fall asleep** 잠들다 (fall-fell-fallen)
□ **quickly** 재빨리

Jack walked back to the castle.

He climbed up a wall and looked inside.

He didn't see the giant.

He didn't see the giant lady either.

He climbed through a window. 

Jack walked around the house.

But he didn't find any gold.

"I'm really tired," he thought.

"Maybe I should have a nap in the mouse hole again."

Jack went to the mouse hole.

He fell asleep quickly.

Check Up

잭은 어디에서 잠들었나요?

ⓐ on a cloud
ⓑ in the mouse hole

1 그는 더 멀리 위로 올라갔다. → farther은 far의 비교급으로 '더 멀리'라는 뜻이에요. farther and farther은 같은 단어를 두 번 써서 '더 멀리 멀리'로 강조하는 느낌이 있어요.

In the morning, he heard a familiar sound.

It was the sound of loud footsteps. 커다란 발소리였어.

The giant was holding a strange-looking hen.

The giant put the hen on the ground near Jack.

He raised his head and smelled the air.

"Something is making me hungry," he said.

"Where is my dinner?" 뭔가가 날 배고프게 하는군.

The giant walked away.

Jack looked at the hen closely. 암탉을 유심히 봤어.

It was making strange noises.

Then, there was something shiny under the hen.[1]

It was a golden egg. 암탉 아래에 빛나는 뭔가가 있네.

☐ **familiar** 익숙한, 친숙한
☐ **footstep** 발걸음, 발소리
☐ **hold** 들고 있다, 쥐다, 잡다
☐ **strange-looking** 이상하게 생긴
☐ **hen** 암탉
☐ **put** 놓다, 두다 (put-put-put)
☐ **ground** 땅바닥, 땅
☐ **near** ~가까이에

☐ **raise** 올리다, 들어올리다
☐ **air** 공기
☐ **make A 형용사** A를 ~하게 만들다
☐ **walk away** 걸어서 가버리다
☐ **closely** 유심히, 자세히
☐ **shiny** 빛나는
☐ **under** ~아래에
☐ **golden** 황금빛의

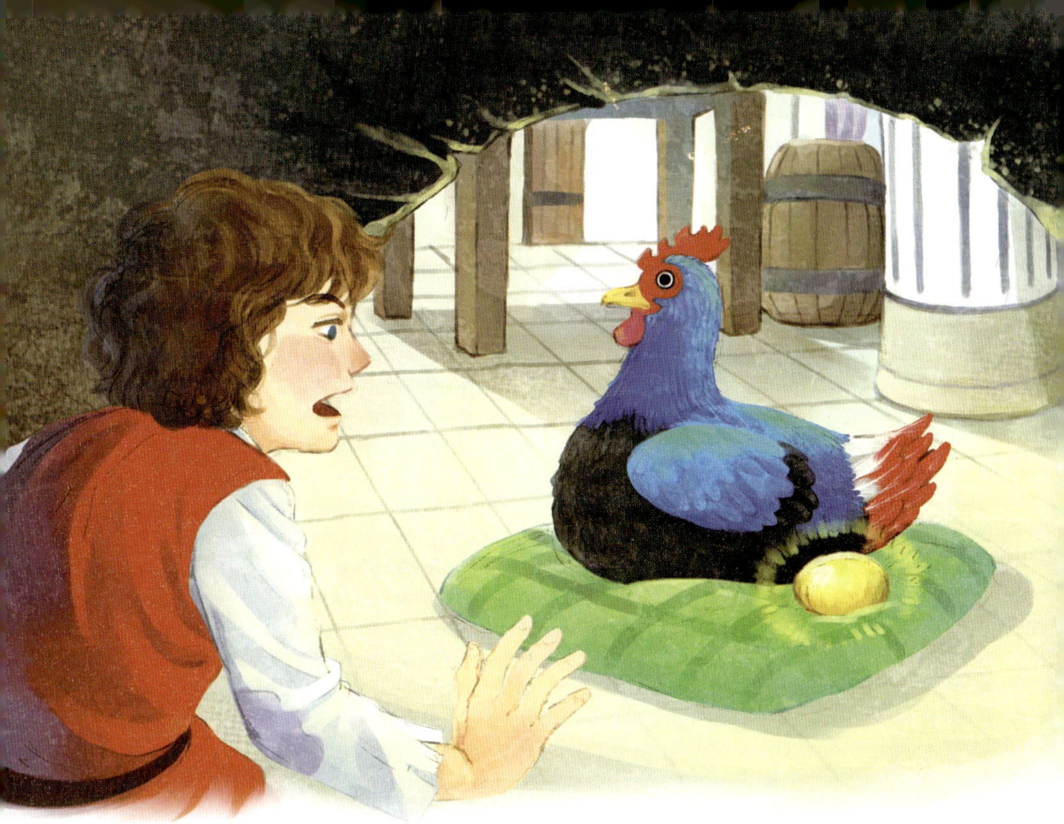

Check Up

아침에 잭은 무슨 소리를 들었나요?

ⓐ a giant's footstep

ⓑ a mouse

정답: a

1 그러고 나서, 암탉 아래 빛나는 것이 있었다. → **something shiny:** 빛나는 것. 형용사 shiny가 앞에 있는 명사 something을 꾸며 주고 있어요. something, anything, everything 등 -thing으로 끝나는 명사는 형용사가 항상 뒤에서 꾸며 준다는 것, 잊지 마세요.

ex I'd like to drink something cold. 나 시원한 것 마시고 싶어.

There's nothing wrong with the computer. 그 컴퓨터는 잘못된 것이 없어.

"That is a very special hen," Jack thought.

He saw the giant in the kitchen.

<table>
<tr><td>☐ special 특별한</td><td>☐ this time 이번에</td></tr>
<tr><td>☐ pot 솥, 냄비</td><td>☐ catch 잡다</td></tr>
<tr><td>☐ entire 전체의, 온</td><td>☐ puffy (구름 등이) 뭉게뭉게 피어 오른</td></tr>
<tr><td>☐ grab 붙잡다, 움켜잡다 (grab-grabbed-grabbed)</td><td>☐ close 닫다, 잠그다, 막다</td></tr>
<tr><td>☐ squawk 꽥꽥 우는 소리; 꽥꽥 울다</td><td>☐ beak 부리</td></tr>
<tr><td>☐ back 돌아와서</td><td>☐ that way 그렇게, 그 방법으로</td></tr>
</table>

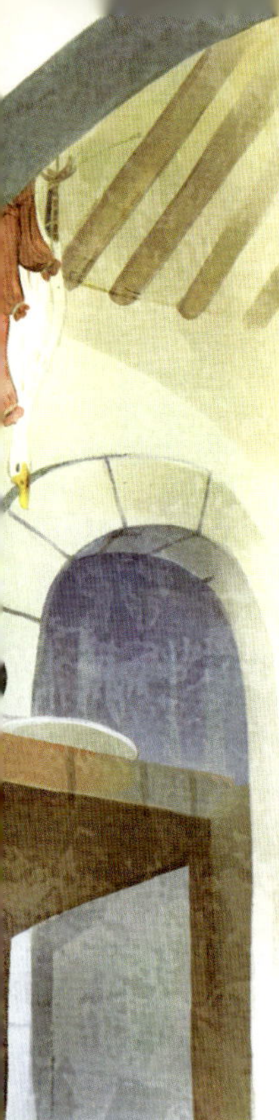

The giant was eating from a pot.

His entire head was inside the pot.

Jack grabbed the hen and ran for the
door.

"Squawk!" cried the hen.

The giant dropped his pot and stood up.

"I knew it.

That young boy is back again.

This time, I will catch you.

I will eat you."

Jack ran out into the clouds.

He hid inside one puffy cloud.

Jack closed the hen's beak with his
hand.

That way, the hen couldn't squawk.

Check Up

왜 잭은 암탉의 부리를 막았나요?

ⓐ 암탉이 꽥꽥거리지 못하도록

ⓑ 암탉이 쪼지 못하도록

The giant looked everywhere for Jack. ⌒〉 거인이 잭을 찾아 사방을 둘러보았어.

He couldn't find him.

He was very angry.

"I will find you this time,"[1] he yelled.

Jack walked quickly through the clouds.

Soon, he was near the beanstalk.

The giant was far away.

He let go of the hen's beak. ⌒〉 암탉의 부리에서 손을 뗐어.

He had to grab the beanstalk.

"Squawk," cried the hen.

"Aha, there you are. ⌒〉 아하, 여기 있구나.

Get ready, little boy.

I am going to eat you now."

Jack quickly climbed down the beanstalk.

But the giant was big.

He climbed slowly.

☐ **everywhere** 어디나, 모든 곳
☐ **yell** 고함지르다, 외치다
☐ **far away** 멀리, 훨씬 멀리에
☐ **let go of** ~을 놓다

☐ **cry** 외치다, 울다 (cry-cried-cried)
☐ **get ready** 준비하다
☐ **easily** 쉽게
☐ **slowly** 천천히

거인은 어땠나요?

ⓐ sleepy　　　ⓑ angry

1　이번에는 너를 찾고 말겠다. ➡ will: ～하겠다, ～할 것이다. 미래의 일을 표현할 때
써요. 특히 주어가 뭔가를 하겠다는 강한 의지를 나타낸답니다.
ex I will pass the test. 난 시험에 통과하겠어.

- [ ] **reach** 닿다, 이르다
- [ ] **still** 여전히, 아직
- [ ] **far** 먼, 멀리
- [ ] **up** 위에
- [ ] **ax** 도끼
- [ ] **bring** 가져오다 (bring-brought-brought)
- [ ] **cut through** 가르다
- [ ] **fall** 떨어지다 (fall-fell-fallen)
- [ ] **last** 마지막의
- [ ] **ever** 한 번도, 언제든
- [ ] **lay** 낳다 (lay-laid-laid)
- [ ] **happily** 행복하게

Jack reached the ground.

The giant was still far up the beanstalk.

"Quick, give me the ax, Mom!" Jack cried.

His mother brought him an ax.

Jack cut through the beanstalk.

"Oh, no!" cried the giant.

The giant and the beanstalk fell.

The giant fell very far away.

That was the last time Jack ever saw the giant.

After that, the hen laid a golden egg every

morning.

Jack and his mother lived happily.

Check Up

잭의 엄마는 잭에게 무엇을 주었나요?

ⓐ an ax   ⓑ an egg

---

1   그때가 잭이 거인을 본 마지막이었다. ➡ the last time: 마지막 시간. 뒤에 이어
    지는 Jack ever saw the giant가 the last time을 꾸며 주는 형식이에요.

Comprehension Quiz

A 다음 문제의 정답으로 퍼즐을 완성하세요.

❶ What did the hen lay?

❷ Who fell off the beanstalk?

❸ Who climbed up the beanstalk?

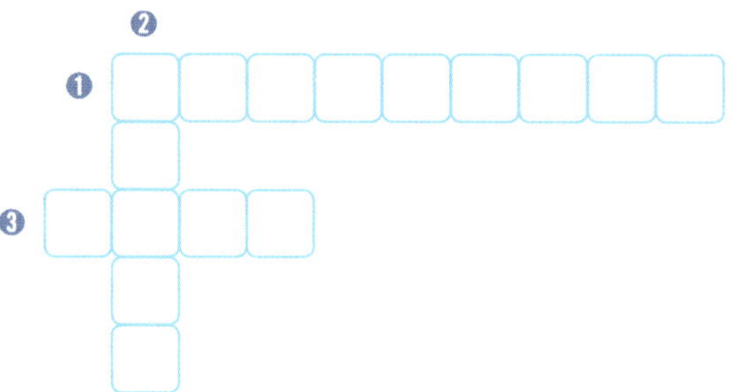

B 다음 문장이 옳으면 T, 틀리면 F에 표시하세요.

❶ Jack spent all his money on food.　　T　F

❷ The giant lady had a strange-looking hen.　　T　F

❸ Jack hid under a puffy cloud.　　T　F

❹ The giant fell very far away.　　T　F

Answers

A　❶ golden egg　　❷ giant　　❸ Jack

B　❶ T　　❷ F　　❸ F　　❹ T

C 장면과 대사를 올바르게 연결하세요.

① •

② •

③ •

• (a) "I bet that big old giant has more gold."

• (b) "Quick, give me the ax."

• (c) "I will find you this time."

D 이야기 전개에 맞게 다음 문장을 다시 배열하세요.

❶ He climbed through a window.

❷ That was the last time Jack ever saw the giant.

❸ Once again, Jack climbed the beanstalk.

❹ Jack grabbed the hen and ran for the door.

________ ⇨ ________ ⇨ ________ ⇨ ________

Answers

C ❶ (b) ❷ (a) ❸ (c)

D ❸ ⇨ ❶ ⇨ ❹ ⇨ ❷

Goldilocks and the Three Bears

골딜락스와 곰 세 마리

Before You Read

세상 구경을 나온 호기심 많은 골딜락스와 부지런한 붉은 암탉의
이야기예요. 골딜락스가 곰 가족의 집에서 벌이는 소동과
암탉이 부지런히 빵을 만드는 이야기 속으로 들어가봐요.

farm 농장
grains of wheat 밀 낟알
pick up 들어올리다
plant 심다
water 물을 주다
bug / worm 벌레
Little Red Hen 붉은 암탉
millstone 맷돌
mill 방앗간
fur (동물의) 털
I'm busy today. I have to clean my fur.
나 오늘 바빠. 털을 깨끗이 해야 해.
scratch 긁다
weed 잡초
cut down 자르다
Kitty Cat 고양이
put 놓다, 두다
turn into ~로 변하다
Resting is better than working.
쉬는 게 일하는 것보다 낫지.
walk up to ~에게 다가가다
I don't feel like it.
그거 하고 싶지 않아.
Fine! I'll do it myself.
좋아! 나 혼자 하겠어.
Sleepy Duck 졸린 오리
take a nap 낮잠 자다
Lazy Rat 게으른 쥐

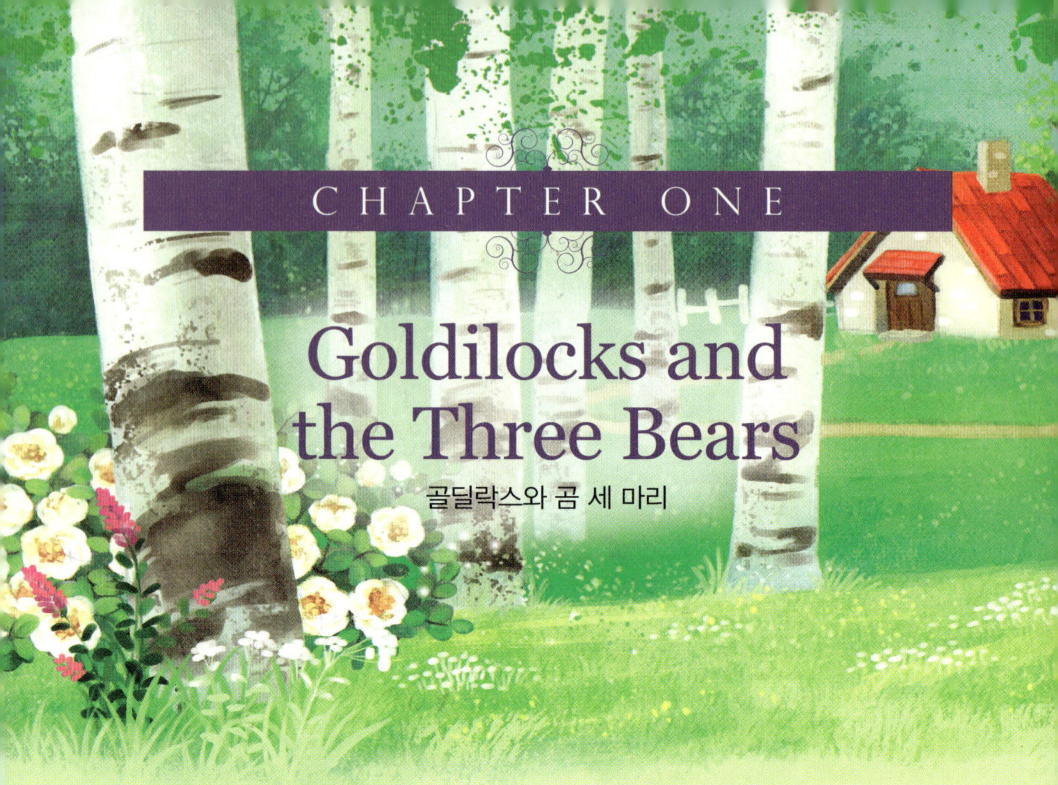

Goldilocks and the Three Bears

골딜락스와 곰 세 마리

This story happened a long time ago
in a beautiful forest. 아주 옛날에 아름다운 숲에서 있었던 이야기야.
Goldilocks was a beautiful girl.
She had long, blond hair.
She loved living at home with her parents.
But she was curious. 호기심이 많았어.

- ☐ **happen** 일어나다
- ☐ **ago** ~전에
- ☐ **forest** 숲
- ☐ **blond** 금발의
- ☐ **love 동사-ing** ~하는 것을 아주 좋아하다
- ☐ **parent** 부모
- ☐ **curious** 호기심이 많은; 궁금한
- ☐ **leave** 떠나다 (leave-left-left)

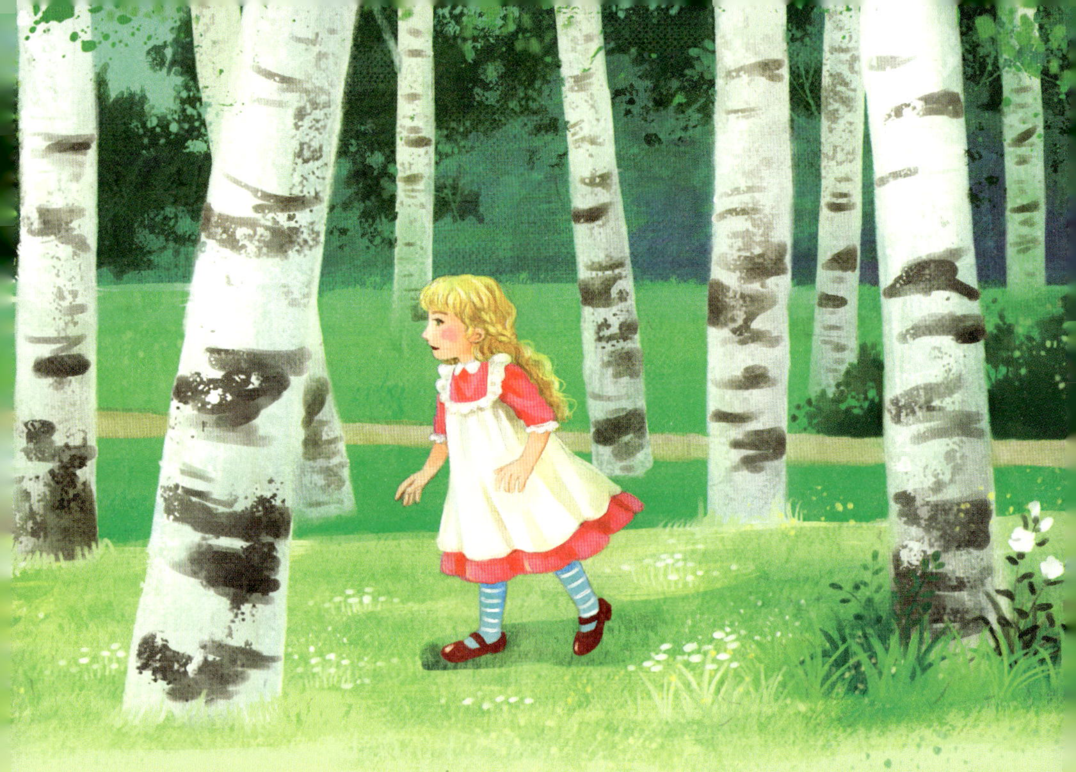

She wanted to see the world.

So, one day, she left home.

커다란 숲속을 걷기 시작했어.

She started walking through the big forest.

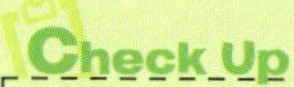

After a while, she got tired and hungry.

She looked for a place to rest and eat.

먹고 쉴 수 있는 곳을 찾았어.

She found a house.

Check Up

골딜락스는 어디에 살았나요?

ⓐ 아름다운 숲에서 ⓑ 부모님 집에서

답:b

Goldilocks knocked on the door, but no one answered.

She opened the door and walked in.

"Hello? Is anyone here?"

But no one answered.

She saw a kitchen table.

There were three bowls of porridge.[1]

She tasted the porridge from the first bowl.

"Ouch!" she said. "This is too hot." 에고, 너무 뜨겁다.

She tasted the porridge from the second bowl.

"Hmm," she said. "This is too cold." 너무 차다.

She tasted the porridge from the third bowl.

"Yum!" she said. "This is just right." 이게 딱 적당하네.

Goldilocks ate all of the porridge.

식탁에는 무엇이 있었나요?

ⓐ three bowls of porridge
ⓑ three loaves of bread

ⓔ : 립장

☐ **knock** 노크하다	☐ **porridge** 죽	☐ **third** 세 번째의
☐ **answer** 대답하다	☐ **taste** 맛보다, 맛	☐ **yum** 냠냠
☐ **walk in** 걸어 들어가다	☐ **first** 첫 번째의	☐ **just** 꼭, 딱
☐ **bowl** 사발; 공기	☐ **second** 두 번째의	☐ **right** 좋은

1 죽 세 그릇이 있었다. → **There is/are:** ~이 있다. There is/are 다음에는 주어가 와요. 따라서 그 주어에 맞게 be동사를 써야 해요. 주어가 단수형이면 **is/was**, 복수형이면 **are/were**로요.

ex There is an orange on the table. 탁자에는 오렌지가 하나 있다.

There are seven oranges on the table. 탁자에는 오렌지가 일곱 개 있다.

"That was good," Goldilocks said.

"I need to sit down now." 이젠 앉아야겠어.

There were three chairs in the house.

She sat in the first chair.

"This chair is way too big,"[1] she said.

She sat in the second chair.

"This chair is a little too big," she said.

She sat in the third chair. 이 의자는 조금 크네.

"This chair is just right."

□ **need to 동사** ~할 필요가 있다
□ **sit down** 앉다
□ **way** 매우
□ **a little** 조금, 약간
□ **for a while** 잠시 동안

□ **all of a sudden** 갑자기 (= suddenly)
□ **break** 부서지다 (break-broke-broken)
□ **hit** ~와 부딪치다 (hit-hit-hit)
□ **rub** 문지르다 (rub-rubbed-rubbed)
□ **hip** 엉덩이

1   이 의자는 너무 커. ➜ way는 '방법, 길'의 뜻으로만 알고 있지만, 부사와 함께 쓰면 '훨씬, 큰 차이로'라는 강조하는 의미의 부사가 된답니다. 여기서처럼 '너무, 매우'라는 뜻으로 way too가 흔히 쓰여요.
   ex It is way too long. 그건 너무 길어.

Goldilocks sat for a while in the chair.

All of a sudden, the chair broke. 갑자기 의자가 부서졌어.

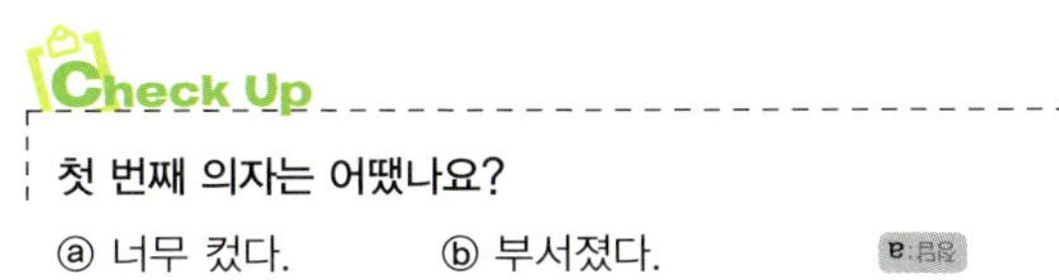

Goldilocks hit the ground.

She rubbed her hip.

Check Up

첫 번째 의자는 어땠나요?

ⓐ 너무 컸다. ⓑ 부서졌다.

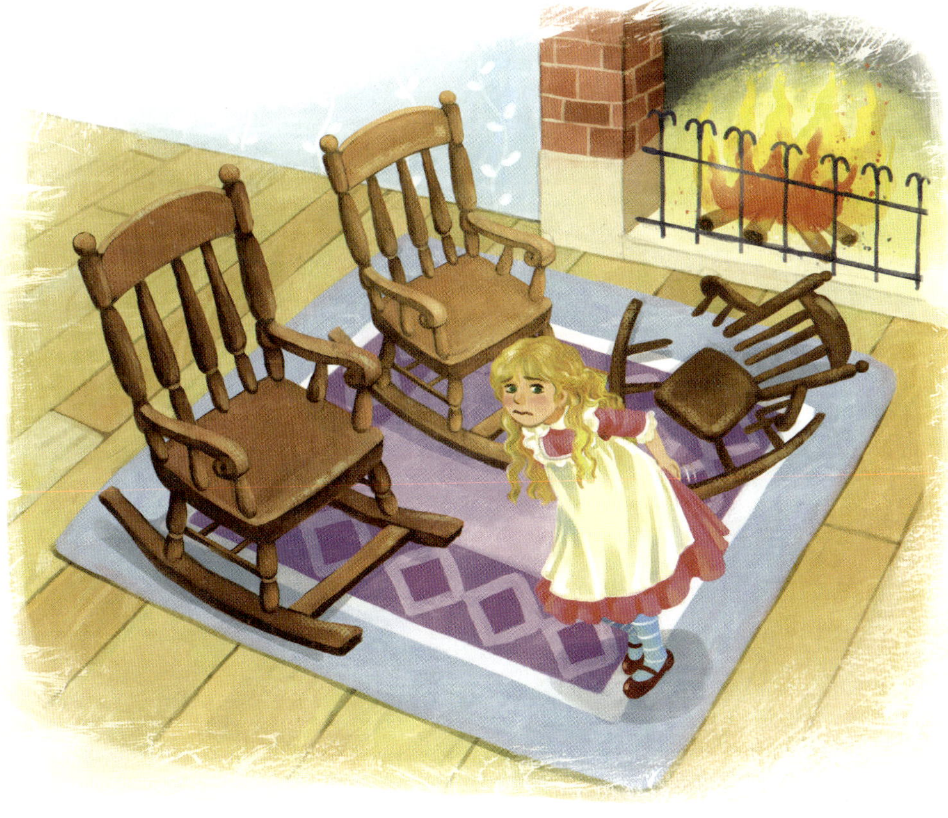

"Oh, no," she said. "Where will I relax now?"

Then, she saw three beds.

She lay down in the first one.[1]

"This bed is too hard," she said.

She lay down in the second one.

"This bed is too soft," she said.

She lay down in the third one.

"This bed is just right."

- ☐ **relax** 휴식을 취하다, 쉬다
- ☐ **lie down** 눕다 (lie-lay-lain)
- ☐ **hard** 딱딱한
- ☐ **soft** 푹신한, 부드러운
- ☐ **quickly** 재빨리
- ☐ **fall asleep** 잠들다

1 그녀는 첫 번째 침대에 누웠다. ➜ 순서를 나타내는 말을 '서수'라고 해요. first(첫 번째), second(두 번째), third(세 번째) 다음부터는 대부분 숫자에 -th만 붙여요.
cf fourth, fifth, sixth, seventh, eighth, ninth…

Goldilocks quickly fell asleep.

Soon, three bears walked into the home. → 세 마리 곰이 집에 들어왔어.

There were a father bear, a mother bear, and a baby bear.

Check Up

첫 번째 침대는 어땠나요?

ⓐ hard　　ⓑ soft

정답: a

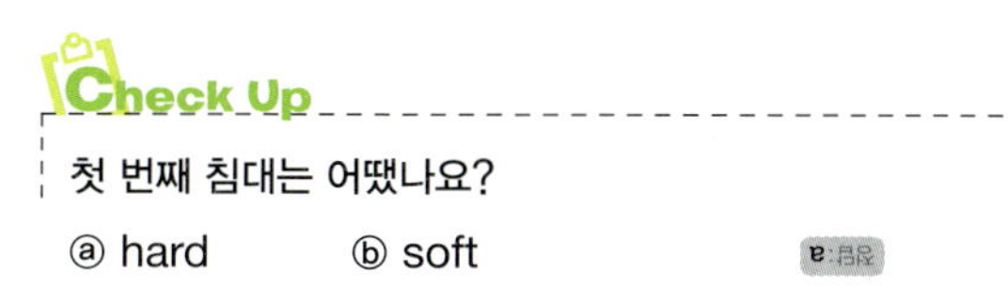

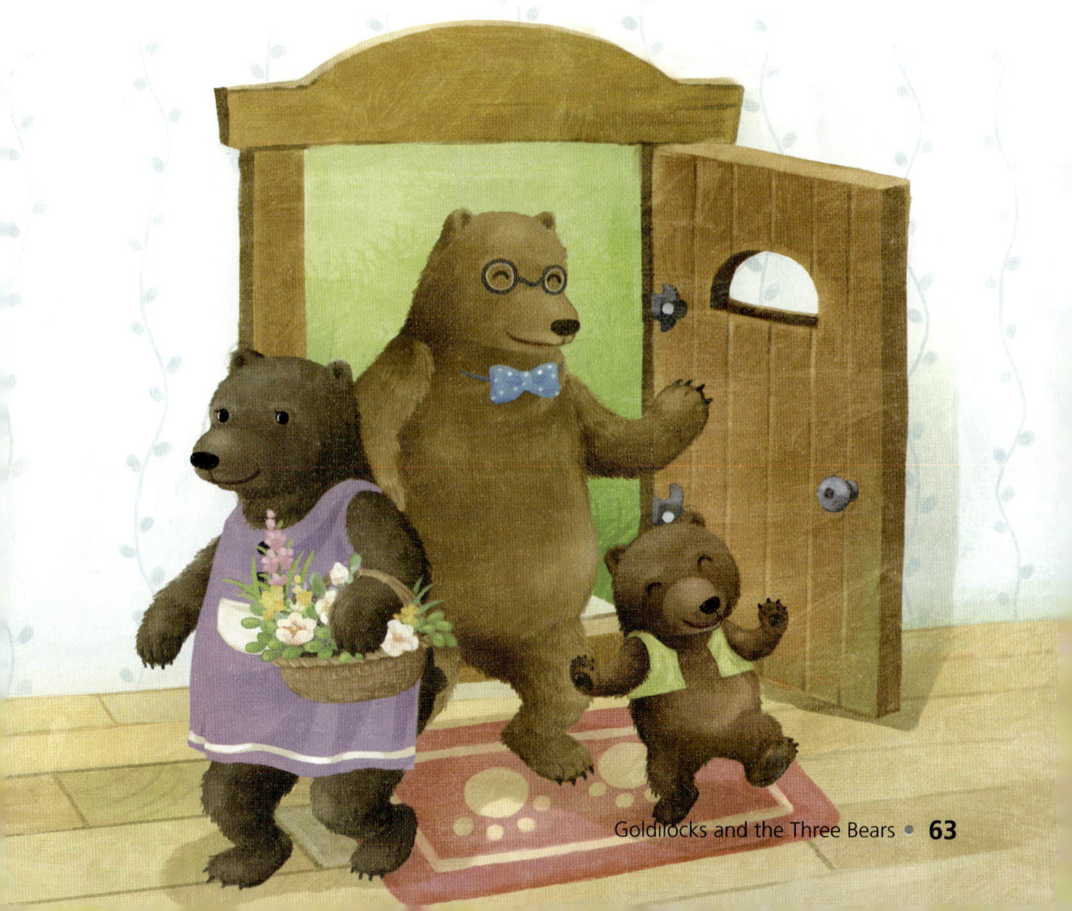

"Home, sweet home," Mother Bear said.
"Now we can eat our porridge.
It must be cool now." 이제 틀림없이 식었을 거야.

□ **Home, sweet home** 즐거운 나의 집
□ **must** 〈강한 추측〉 틀림없이 ~일 것이다
□ **cool** 식은, 시원한
□ **somebody** 누군가, 어떤 사람
□ **gone** 사라진, 없어진
□ **broken** 부서진, 망가진

They looked at their kitchen table.

"Somebody's been eating my porridge,"[1]
said Father Bear.

"Somebody's been eating my porridge, too,"
said Mother Bear.

"Somebody's been eating my porridge, too,"
said Baby Bear.

"And it's all gone." 다 없어졌어요.

"Somebody's been sitting in my chair,"
said Father Bear.

"Somebody's been sitting in my chair, too,"
said Mother Bear.

"Somebody's been sitting in my chair, too,"
said Baby Bear.

"And it's all broken."

1   누군가 내 죽을 먹고 있었어. → **have been + 동사 -ing:** ~하고 있다. '현재완료
진행형'으로, 과거부터 지금까지 계속하고 있는 일을 표현할 때 쓴답니다.

"Somebody's been sleeping in my bed,"
said Father Bear.

"Somebody's been sleeping in my bed, too,"
 said Mother Bear.

"Somebody's been sleeping in my bed, too,"
said Baby Bear.

"And she's still there!"

The three scratched their heads.

They were confused.

- ☐ **still** 여전히, 아직
- ☐ **scratch one's head**
  (난처해서) 머리를 긁다, 곤혹스러워 하다
- ☐ **confused** 혼란스러워 하는
- ☐ **wake up** 잠에서 깨다
  (wake-woke-woken)
- ☐ **scream** 비명을 지르다
- ☐ **run** 달리다 (run-ran-run)
- ☐ **out of** ~에서, ~밖으로
- ☐ **all the way** 계속
- ☐ **learn one's lesson**
  (경험으로) 교훈을 얻다, 배우다
- ☐ **person** 사람
- ☐ **invite** 초대하다

1 그녀는 세 마리 곰이 자기를 쳐다보고 있는 것을 보았다. →
see + A + 동사 -ing: A가 ~하는 것을 보다. hear, feel 등의
동사도 같은 형태로 쓸 수 있답니다.
ex I heard her singing. 난 그녀가 노래 부르는 것을 들었다.

Goldilocks woke up.

She saw three bears looking at her.[1]

"Ahhh!" she screamed and ran out of the house.

She ran all the way home. 집까지 쉬지 않고 뛰었어.

She learned her lesson.

A person must be invited before walking into someone's house.

A 골딜락스를 묘사한 표현을 모두 고르세요.

ugly

funny

beautiful

mean

curious

tired

B 다음 문장이 옳으면 T, 틀리면 F에 표시하세요.

❶ Goldilocks wanted to see the world.　　T　F

❷ Goldilocks didn't eat any porridge.　　T　F

❸ Goldilocks broke a chair.　　T　F

❹ Goldilocks became friends with the three bears.　　T　F

Answers

A　beautiful, curious, tired

B　❶ T　　❷ F　　❸ T　　❹ F

C 골딜락스는 어떻게 생겼나요?

(a) She had long, brown hair.

(b) She had straight, brown hair.

(c) She had long, blond hair.

(d) She had short, blond hair.

D 이야기 전개에 맞게 다음 문장을 다시 배열하세요.

❶ Goldilocks ate all of the porridge.

❷ From that day, Goldilocks never walked into an empty house.

❸ Goldilocks quickly fell asleep.

❹ Goldilocks started walking through the forest.

________ ⇨ ________ ⇨ ________ ⇨ ________

Answers

C (c)

D ❹ ⇨ ❶ ⇨ ❸ ⇨ ❷

The Little Red Hen
붉은 암탉

The Little Red Hen

붉은 암탉

M any years ago, a little red hen lived on a farm.

It was a beautiful farm.

The hen was very happy.

But there wasn't much food.

The hen scratched the ground.

- ☐ **hen** 암탉
- ☐ **farm** 농장
- ☐ **scratch** 긁다
- ☐ **look for** ~을 찾다
- ☐ **bug** (작은) 곤충, 벌레
- ☐ **worm** (애)벌레
- ☐ **instead** 대신에
- ☐ **grain** 곡물, 낟알
- ☐ **wheat** 밀
- ☐ **pick up** 집다, 줍다
- ☐ **put** 놓다, 두다 (put-put-put)
- ☐ **pile** 쌓아 올린 것, 무더기, 더미

She was looking for bugs or worms to eat.

But she couldn't find any.[1]

Instead, she found some grains of wheat.

She picked up all of the grains.

She put them in a pile.

1   하지만 한 마리도 찾지 못했다. → any는 뒤에 bugs or worms to eat이 생략되어서 대명사처럼 쓰였어요. some이 긍정문에 쓰이는 한편, any는 부정문과 의문문에 쓰여요.

ex I'd like to drink some water. 물 좀 마시고 싶어.
Sorry. We don't have any. 안됐지만 물이 없어.

One morning, the hen walked up to her good friend Kitty Cat. 고양이 친구에게 다가가는 암탉.
"Kitty Cat, please help me today. 밀을 좀 심어야 해.
I have to plant some wheat."
"Meow," said Kitty Cat. "I'm busy today. 야옹
I have to clean my fur."
She walked up to her good friend Lazy Rat.
"Lazy Rat, please help me today." 내키지 않는 걸.
"Squeak," said Lazy Rat. "I don't feel like it." 찍찍

☐ **walk up to** ~로 다가가다
☐ **plant** 심다
☐ **kitty** 새끼 고양이
☐ **meow** (고양이가) 야옹 하는 소리
☐ **busy** 바쁜
☐ **fur** 털, 모피
☐ **lazy** 게으른
☐ **rat** 쥐
☐ **squeak** (쥐가) 찍 하는 소리
☐ **feel like** ~을 갖고 싶다, 하고 싶다
☐ **sleepy** 졸린
☐ **quack** (오리가) 꽥꽥 우는 소리
☐ **take a nap** 낮잠을 자다

She walked up to her good friend Sleepy Duck.

"Sleepy Duck, please help me today."

"Quack," said Sleepy Duck.

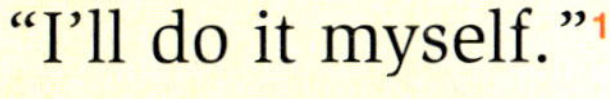

"I'm too sleepy. I have to take a nap."

"Fine!" said the little red hen.

"I'll do it myself."[1]

Check Up

붉은 암탉은 친구가 몇 마리 있었나요?

ⓐ 두 마리　　ⓑ 세 마리　　　　ㅂ:답정

1　나 혼자 해보겠어. ➜ **myself**: 내 자신. 자기가 어떤 행동을 한다는 것을 강조할 때
　쓰는 말이에요. 여기서는 by myself(혼자서, 혼자 힘으로)와 같은 뜻으로 쓰였어요.
　참고로 -self가 들어간 말을 '재귀대명사'라고 하는데, myself, yourself, himself,
　herself, themselves처럼 써요.

The hen took the grains out to a field.

With her beak, she made many little holes.

- ☐ **take out** 밖으로 가져가다, 내놓다, 꺼내다
- ☐ **field** 들판, 밭
- ☐ **beak** 부리
- ☐ **make** 만들다 (make-made-made)
- ☐ **hole** 구멍
- ☐ **laugh** 웃다
- ☐ **silly** 어리석은, 바보 같은
- ☐ **rest** 쉬다
- ☐ **during** ~동안
- ☐ **grow** 자라다 (grow-grew-grown)
- ☐ **weed** 잡초
- ☐ **water** 물을 주다

Kitty Cat, Lazy Rat and Sleepy Duck all looked at
the little red hen.

"Ha ha," they laughed. "What a silly hen.

Why is she doing that?

She should rest.

Resting is better than working."[1]

During the summer, the wheat grew.

The little red hen scratched at weeds.

She watered the wheat every day.

In the fall, the wheat was tall.

It was a beautiful gold color.

Check Up

암탉은 어디로 자신의 낟알들을 가져갔나요?

ⓐ 들판으로　　　　ⓑ 오리에게

---

1 쉬는 게 일하는 것보다 나아. → **better:** 더 좋은. good의 비교급 표현이에요.
better than은 '~보다 좋은'이라는 뜻으로 두 가지를 서로 비교할 때 쓴답니다.
ex This cell phone is better than that one. 이 휴대전화가 저것보다 좋다.
Nothing is better than home. 집보다 좋은 것은 없다.

The little red hen went to her three friends.

"Who will help me cut the wheat?"[1] she asked.

"I'm busy today," said Kitty Cat.

"I don't feel like it," said Lazy Rat.

"I'm too sleepy," said Sleepy Duck.

"Fine," said the little red hen. "I'll do it myself."

The little red hen cut down the wheat.

She had a big pile of wheat. 커다란 밀 한 더미가 생겼어.

"Who will help me bring the wheat to the mill?[2] 밀을 방앗간에 가져가는 것 도와줄 사람?

"I'm busy today," said Kitty Cat.

"I don't feel like it," said Lazy Rat.

"I'm too sleepy," said Sleepy Duck.

"Fine," said the little red hen. "I'll do it myself."

She brought the wheat to the millstone.

Check Up

암탉이 밀 베는 것을 누가 도와줬나요?

ⓐ Lazy Rat　　　ⓑ Nobody　　　정답: 9

- □ **help** 돕다
- □ **cut down** 베어 내다, 자르다
  (cut-cut-cut)
- □ **a pile of** ~의 쌓아 놓은 것, ~ 한 더미
- □ **bring** 가지고 오다
  (bring-brought-brought)
- □ **mill** 방앗간
- □ **millstone** 맷돌

1　내가 밀 베는 것을 누가 도와줄래? → **help + A + 동사원형**: A가 ~하는 것을 돕다. '동사원형' 대신 'to+동사', 즉 부정사를 써도 돼요.

2　내가 방앗간으로 밀 가져가는 것을 누가 도와줄래? → 위 1번과 같은 형식의 문장이에요.

The little red hen put the pieces of wheat under a large stone.

She moved the stone with her beak.

Slowly, the wheat turned into flour. ⌒ 밀이 밀가루가 되었어.

Next, she had to bake the bread.

She didn't ask her friends.

She knew what the answer would be.[1]

She looked at her three friends.

They did nothing.
They never did anything. ⌒ 절대 아무것도 안했어.
They just lay around in the sun and slept.

⌒ 햇빛 아래 누워 잠만 잤어.

☐ **move** 옮기다, 움직이다	☐ **answer** 답
☐ **turn into** ~로 변하다	☐ **nothing** 아무것도 아님, 아무것도 없음
☐ **flour** 밀가루	☐ **anything** 아무것
☐ **next** 다음에	☐ **lie** 눕다 (lie-lay-lain)
☐ **bake** 굽다	☐ **glad** 기쁜, 고마운
☐ **bread** 빵	☐ **like** ~처럼

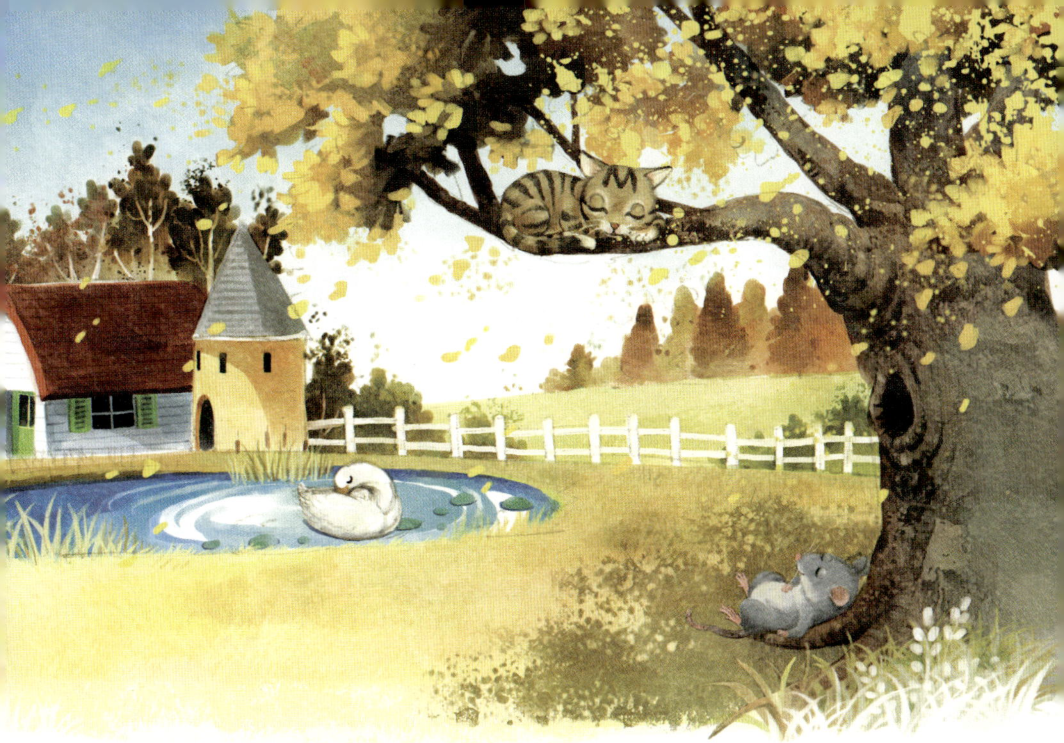

"Huh," said the little red hen.

"I'm so glad I'm not lazy like them." 난 재들처럼 게으르지 않아서 다행이야.

Check Up

암탉은 친구들과 어떻게 달랐나요?

ⓐ 암탉은 게으르지 않았다.

ⓑ 암탉은 게을렀다.

정답: a

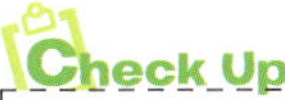

1 암탉은 무슨 대답이 나올지 알았다. → **what 주어 + 동사:** …가 무엇을 ~하는지, A가 ~한 것. what 다음에 '주어 + 동사'의 순서임에 유의하세요.

ex I know what he did last Sunday. 난 지난 일요일에 그가 뭘 했는지 알고 있다.
Good rest is what you need. 충분한 휴식이 너한테 필요한 것이다.

The little red hen took the flour and baked it into bread. 암탉은 밀가루로 빵을 구웠어.

She had many loaves.

They were fresh and delicious.

"Who will help me eat the bread?" she asked her three friends.

"I will," said the cat.

"I will," said the rat.

"I will," said the duck.

- bake 굽다
- bread 빵
- loaves loaf(한 덩어리)의 복수형
- fresh 신선한
- delicious 맛있는
- won't ~하지 않을 것이다 (= will not의 줄임말)
- work 일, 작업
- by oneself 혼자서

"No, you won't," said the little red hen.

"I did all the work.

I'll eat the bread all by myself."

And that's what she did.

The little red hen ate all the bread by herself.

Check Up

붉은 암탉은 무엇을 만들었나?

ⓐ bread   ⓑ sandwich   정답: ⓐ

A 다음 질문에 맞는 등장인물로 퍼즐을 완성하세요.

❶ Who had to plant some wheat?

❷ Who had to clean the fur?

❸ Who had to take a nap?

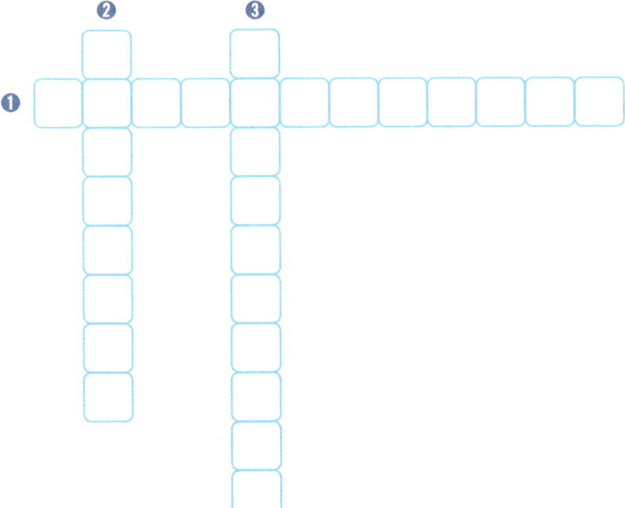

B 붉은 암탉을 가장 잘 묘사하는 보기를 고르세요.

(a) Sleepy

(b) Strange

(c) Hard-working

(d) Lazy

Answers

A ❶ little red hen   ❷ Kitty Cat   ❸ Sleepy Duck

B (c)

C 다음 문장이 옳으면 T, 틀리면 F에 표시하세요.

❶ The little red hen found many worms to eat. T F

❷ The cat, the rat and the duck laughed at the red hen. T F

❸ The little red hen just slept in the sun. T F

❹ Lazy Rat ate all the bread. T F

D 이야기 전개에 맞게 다음 문장을 다시 배열하세요.

❶ With her beak, the little red hen made many little holes.

❷ The little red hen found some grains of wheat.

❸ The little red hen took the flour and baked it into bread.

❹ The little red hen brought the wheat to the millstone.

______ ⇨ ______ ⇨ ______ ⇨ ______

Answers

C ❶ F ❷ T ❸ F ❹ F

D ❷ ⇨ ❶ ⇨ ❹ ⇨ ❸

권말부록

독해 길잡이 | 리스닝 길잡이

독해 길잡이

영문 독해력 증강을 위한 영어의 뼈대 읽기 연습

독해를 잘하기 위한 첫 관문은 영어 문장의 구조를 잘 이해하는 것입니다.
아무리 복잡해 보이는 문장이라도 기본 뼈대만 알면 문제없이 해결할 수 있습니다.
영어 문장은 주로 어떤 형태로 이루어지는지 알아봅시다.

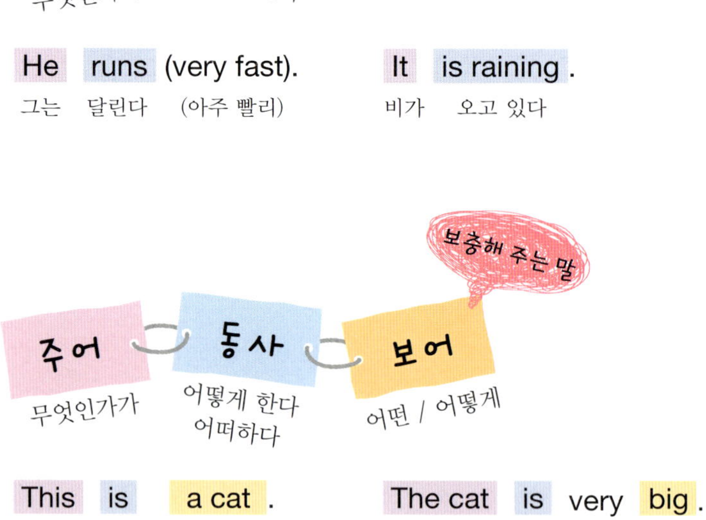

"영문의 골격은 생각보다 간단하다"

모든 영어 문장은 주어와 동사로 이루어져 있습니다. 문장이 아무리 길고 복잡해도 그 뼈대는 [주어+동사]이며, [보어]와 [목적어]는 주어와 동사를 보강해 주는 역할을 하죠. 나머지 수식어나 수식절, 부사 등은 모두 기본문장을 꾸미는 엑스트라라고 생각하면 영문을 읽기가 한결 쉬워질 것입니다.

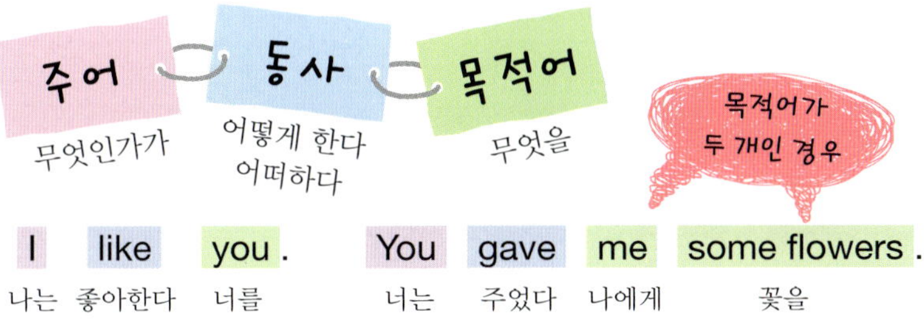

주어   동사   목적어   목적어가
                                          두 개인 경우
무엇인가가   어떻게 한다   무엇을
             어떠하다

I like you .   You gave me some flowers .
나는 좋아한다 너를   너는 주었다 나에게   꽃을

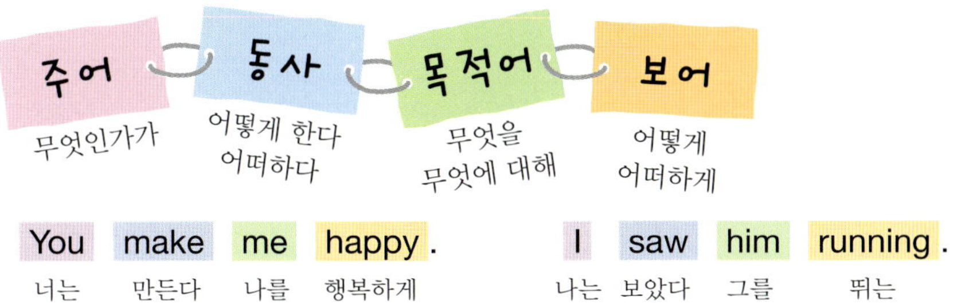

주어   동사   목적어   보어

무엇인가가 어떻게 한다 무엇을   어떻게
            어떠하다   무엇에 대해   어떠하게

You make me happy .   I saw him running .
너는 만든다 나를 행복하게   나는 보았다 그를   뛰는

He   stayed   there   all day.
그는   머물렀다   거기에   하루 종일

Nobody   wanted   to buy the old cow .
아무도 없음   원했다   늙은 소 사는 것을

"Come on,   cow,"   Jack   said.   "Let's   go   home."
"이리 와   소야"   잭이   말했다   "~하자   가다   집에"

" Wait   a minute,"   a strange man   said .
"기다려   잠깐"   낯선 남자가   말했다

" I   want   to buy your cow .
"나는   원한다   네 소 사는 것을

I   have   no money .
나는   가지고 있다   돈이 하나도 없음

But   I   can   give   you   some magic beans ."
하지만   나는 ~할 수 있다   주다   너에게   약간의 요술콩을"

Jack   needed   money .
잭은   필요로 했다   돈을

But   magic beans   sounded   very   interesting .
하지만   요술콩들은   ~하게 들렸다   매우   흥미롭게

"Okay,"   he   said.   "Here's   the cow."
"좋아요"   그가   말했다   "여기 있어요   소가"

Jack   went   home.
잭은   왔다   집에

His mother   became   very   angry .
그의 어머니는   ~해졌다   매우   화난

"You fool!"   she   said. "How   can   you   sell   a cow   for beans? "
"바보 같으니"   그녀가   말했다 "어떻게 ~할 수 있니 너는   팔다   소를   콩을 대가로"

Goldilocks and the Three Bears

Goldilocks was a beautiful girl .
골딜락스는 ~이었다 아름다운 소녀

She had long, blond hair .
그녀는 가졌다 긴 금발의 머리카락을

She loved living at home with her parents.
그녀는 아주 좋아했다 사는 것을 집에서 그녀의 부모님과 함께

But she was curious .
하지만 그녀는 ~이었다 호기심 많은

She wanted to see the world .
그녀는 원했다 세상을 보는 것을

So, one day, she left home.
그래서 어느 날 그녀는 떠났다 집을

The Little Red Hen

The hen scratched the ground .
암탉은 긁었다 땅을

She was looking for bugs or worms to eat.
그녀는 찾고 있었다 곤충이나 벌레들을 먹기 위한

But she couldn't find any .
하지만 그녀는 ~할 수 없었다 찾다 아무것도

Instead, she found some grains of wheat .
대신 그녀는 찾았다 약간의 밀알들을

She picked up all of the grains .
그녀는 주웠다 그 모든 낟알들을

리스닝 길잡이

이제는 CD를 가지고 〈잭과 콩나무 외 2편〉를 귀로 즐겨 봅시다. 영문을 들을 때는 아래의 듣기 요령과 함께 영어의 특징적인 발음 현상 몇 가지만 알고 있으면 훨씬 쉽게 알아들을 수 있습니다.

첫째 영어의 리듬을 타세요.

우리말은 각 글자가 모두 한 박자씩이라면 영어는 절대 그렇지 않습니다. 영어는 발음이 강한 부분과 약한 부분이 연속되면서 리듬을 만들어 냅니다. 즉 단어마다 있는 강세가 문장의 강세가 되어 각 문장마다 고유한 리듬을 만들어 나가게 되는 것입니다. 따라서 영어를 말하거나 들을 때 영어의 리듬을 타는 것은 필수적입니다. 이 리듬이 몸에 익으려면 연습이 많이 필요합니다. 우선 각 단어의 강세가 어디에 있는지 파악하는 것부터 시작합시다.

둘째 강하게 들리는 말 위주로 들으세요.

영어에서는 의미를 전달하는 데 중요한 역할을 하는 단어나 표현을 강하게 발음합니다. 따라서 크게 들리는 말부터 신경 쓰세요. 영어를 처음 들을 때는 모든 단어를 다 듣는 것보다는 자기가 듣는 말이 무슨 의미인지 파악하는 것이 우선입니다. 작게 들리는 말은 대부분 관사나 조동사 등 전체 내용에서 주요한 역할을 하지 못하는 것입니다. 지금 단계에서는 무시하셔도 좋습니다.

셋째 이어지는 말에 주의하세요.

영어는 눈으로 볼 때는 단어들이 각각 떨어져 있어 문제 없지만 들을 때는 사정이 달라집니다. 우리말과 마찬가지로 영어도 앞뒤 단어의 음이 합쳐지는 경우가 많습니다. 예를 들어 '옷을 벗다'의 의미인 take off는 [테이크 어프]가 아니라 [테이커프]처럼 한 단어같이 들리게 됩니다. 이런 것을 '연음 현상'이라고 하지요.

★ 이제 영어 리스닝에서 주의해야 할 매우 기초적인 사항을 알게 되었습니다.

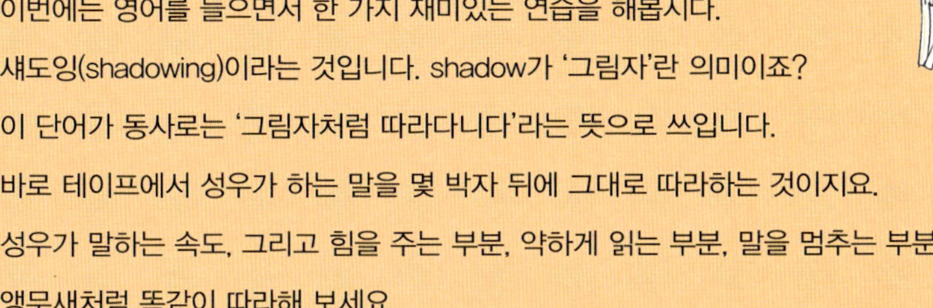

이번에는 영어를 들으면서 한 가지 재미있는 연습을 해봅시다.

셰도잉(shadowing)이라는 것입니다. shadow가 '그림자'란 의미이죠?

이 단어가 동사로는 '그림자처럼 따라다니다'라는 뜻으로 쓰입니다.

바로 테이프에서 성우가 하는 말을 몇 박자 뒤에 그대로 따라하는 것이지요.

성우가 말하는 속도, 그리고 힘을 주는 부분, 약하게 읽는 부분, 말을 멈추는 부분을

앵무새처럼 똑같이 따라해 보세요.

자기도 모르는 사이에 영어 말하기와 듣기 실력이 쑥쑥 늘어날 것입니다.

이 방법은 전문가들 사이에서도 효과가 입증되어 있답니다.

물론 각각의 어구와 문장들이 무슨 뜻인지 생각하면서 읽으셔야겠죠.

자기가 따라할 수 있는 부분까지 듣고 CD를 멈춘다.
그리고 큰 소리로 따라한다.

자기가 따라할 수있는 부분까지 듣고 큰 소리로 따라한다.
소리내어 말하는 동시에 CD에서 나오는 소리를 들으며 돌림노래 부르듯
따라한다.

1, 2단계 때보다 조금씩 더 많이 들으며 셰도잉한다.

즐거운 리스닝 연습

CHAPTER ONE : page 12

Long ago, a little old lady (❶) a small house. She had one son. His name was Jack. They were very poor. They had nothing (❷) old cow. Jack and the old lady could not get much milk from it.

❶ **lived in** [리ㅂ딘] lived의 마지막 /d/와 in이 연음되어 [리ㅂ딘]처럼 발음돼요. 두 단어는 흔히 함께 쓰이는 표현이죠. live in은 [리빈], lives in은 [리ㅂ진]처럼 발음되니, 영어표현과 발음 모두 익혀 두세요.

❷ **but an** [버런] 미국영어에서 t는 모음 사이에 위치하면 흔히 /r/로 발음돼요. 여기서는 but의 -t가 뒤에 오는 an과 이어지면서 모음 사이에 끼게 돼요. 이렇게 t가 /r/로 발음되는 현상은 영국영어에서는 일어나지 않아요.

CHAPTER TWO : page 26

Jack opened (❶). It was morning. He was very (❷). He heard some very loud footsteps. “That (❸) the giant,” Jack thought. “He must be really big.”

"I smell a young boy," called the giant. "The smell is making me very hungry."

❶ **his eyes** [히**자**이ㅈ] his의 마지막 -s와 eyes가 연음돼요. 한편 his, her, him처럼 h로 시작하는 대명사들의 h는 흔히 발음이 약해지거나 생략되는 경우가 있어요. 문장의 내용상 크게 중요하지 않은 단어는 약하고 빠르게 발음되거든요.

❷ **scared** [ㅅ**께**어ㄹㄷ] s 다음에 p, t, k음이 오면 된소리로 발음되는 경향이 있어요.

❸ **must be** [머**슷**비/**머**스비] must는 '머스트'라고 발음하지 않아요. 마지막의 t는 아주 약하게 발음하거나 아예 발음하지 않는 경우가 많아요. 특히 뒤에 자음으로 시작되는 단어가 오면 그 현상이 두드러집니다.

CHAPTER THREE : page 38

Jack and his mother ate (❶   ) good food. They ate well for many months. But, after a while, there was no more gold. He had no more money to buy (❷   ). He looked at the beanstalk.

❶ **lots of** [라써ㅂ] lots의 -s와 of가 연음되어 소리나요. 같은 의미의 a lot of도 [어라러ㅂ]로 연음돼요. of는 문장 안에서 의미상 큰 역할을 하지 않기 때문에 발음이 아주 약해지고, of의 /v/음은 생략되는 경우도 많아요.

❷ **food** [f풀] food는 '푸드'가 아니에요. '풀'처럼 해야 자연스러워요. 물론 윗니로 아랫입술을 물며 발음하는 /f/음도 유의해야 해요.

Goldilocks and the Three Bears

CHAPTER ONE : page 56-57

(❶) happened a long time ago in a beautiful forest. Goldilocks was a beautiful girl. She had long, blond hair. She loved living at home with her parents. But she was curious. She (❷) see the world.

❶ **This story** [디ㅅ또뤼] This의 -s와 story의 s-가 연달아 나오네요. 영어에서는 이렇게 같은 음이 연속되면 한 번에 발음하는 경향이 있어요. 이 현상은 한 단어 안에서도 일어나는데, 예를 들어 summer는 '썸머'가 아니라 [써머]처럼 발음해요.

❷ **wanted to** [원티투 / 워니투] wanted의 -d와 to의 t가 이어지면서 한 번에 발음되었어요. 앞서 말한 현상이 비슷한 음이 이어질 때도 일어나기 때문이에요. [워니투]로 발음되는 경우는 -nt-가 이어지면 /t/음이 생략되는 현상 때문이에요.

CHAPTER ONE : page 72-73

Many years ago, a (❶   ) red hen lived on a farm. It was a beautiful farm. The hen was very happy. But there (❷   ) much food. The hen scratched the ground. She was looking for bugs or worms to eat. But she couldn't find any.

❶ **little** [리를/리틀] little에 있는 -tt-도 /r/로 발음돼요. 이는 미국영어에서 일어나는 현상이고, 강조해서 말할 때, 그리고 영국영어에서는 그대로 /t/음으로 발음한다는 것 잊지 마세요.

❷ **wasn't** [워즌(ㅌ)] wasn't는 마지막 t음이 매우 약하게 들려요. '트' 하고 소리나기보다는 '으'음이 빠지고 자음 'ㅌ' 소리만 자연스럽게 내는 경우가 대부분이지요. 그리고 빨리 말할 때는 아예 발음되지 않기도 해요.

Listening Comprehension

A 다음을 듣고 옳은 단어에 표시하세요.

① Jack took the old (cow / cat) to the market.

② He ran into the (crowds / clouds) and hid.

③ He had no more (honey / money) to buy food.

④ She opened the (door / store) and walked in.

⑤ She was looking for (hugs / bugs) or worms to eat.

B 다음을 듣고 빈칸을 채운 후, 문장이 옳으면 T, 틀리면 F에 표시하세요.

① Jack and the old lady could not get much _______ from their _______. ☐ T ☐ F

② The _______ of a young _______ made the giant very thirsty. ☐ T ☐ F

③ The _______ held a strange-looking _______. ☐ T ☐ F

④ Goldilocks knocked on the _______ and a _______ answered. ☐ T ☐ F

⑤ The little red hen found some _______ of _______. ☐ T ☐ F

Answers

A ① cow ② clouds ③ money ④ door ⑤ bugs

B ① Jack and the old lady could not get much <u>milk</u> from their <u>cow</u>. (T)

② The <u>smell</u> of a young <u>boy</u> made the giant very thirsty. (F)

③ The <u>giant</u> held a strange-looking <u>hen</u>. (T)

④ Goldilocks knocked on the <u>door</u> and a <u>bear</u> answered. (F)

⑤ The little red hen found some <u>grains</u> of <u>wheat</u>. (T)

C 다음 질문을 듣고 올바른 답을 고르세요.

① ________________________________?

    (a) Because it was ugly.

    (b) Because it was old.

    (c) Because it was smelly.

② ________________________________?

    (a) Gold

    (b) A hen

    (c) A beanstalk

③ ________________________________?

    (a) Cereal

    (b) Soup

    (c) Porridge

④ ________________________________?

    (a) The little red hen and her friends

    (b) The little red hen's friends

    (c) The little red hen

Answers

C **①** Why did nobody want to buy Jack's cow? (b)

    ② What did Jack put in his pockets? (a)

    ③ What did Goldilocks eat? (c)

    ④ Who ate the bread? (c)

전문 번역

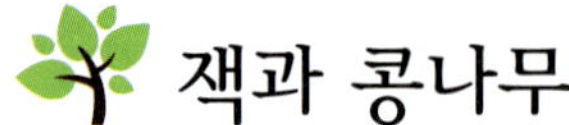

잭과 콩나무

[제 1 장] 콩나무 위로

p. 12-13　옛날 옛적에 한 작은 늙은 여인이 작은 집에 살았다. 그녀에게는 아들이 하나 있었다. 그의 이름은 잭이었다. 그들은 매우 가난했다. 그들은 한 마리의 늙은 젖소밖에 가진 것이 없었다. 잭과 늙은 여인은 그 젖소에게서 우유를 그다지 많이 얻을 수 없었다. "잭." 여인이 말했다. "네가 시장에 갔다 오렴. 난 네가 우리 젖소를 팔았으면 해. 그것은 그다지 가치가 없어. 그 젖소로 최대한 돈을 많이 받아보렴." 잭은 그 늙은 젖소를 시장에 데리고 갔다.

p. 14-15　그는 거기에서 하루 종일 있었다. 아무도 그 늙은 젖소를 사려고 하지 않았다. "자, 젖소야." 잭이 말했다. "집에 가자." "잠깐." 한 낯선 남자가 말했다. "네 젖소를 사고 싶구나. 난 돈이 없어. 하지만 너에게 마법의 콩을 조금 줄 수 있단다." 잭은 돈이 필요했다. 하지만 마법의 콩은 매우 흥미롭게 들렸다. "좋아요." 그가 말했다. "여기 젖소 받으세요." 잭은 집으로 돌아갔다. 그의 어머니는 매우 화가 났다. "바보 같은 녀석!" 그녀가 말했다. "어떻게 넌 젖소 한 마리를 콩을 받고 팔 수 있니?"

p. 16-17　잭의 엄마는 그 콩들을 창문 밖으로 던졌다. 그것들은 정원에 떨어졌다. 잭은 조금 화가 났다. 그는 그 마법의 콩들이 특별하다고 믿었다. 그는 잠자리에 들었다. 아침에 잭은 놀랐다. 그는 밖에 있는 한 그루의 거대한 콩나무를 보았던 것이다. 잭은 콩나무의 꼭대기를 볼 수 없었다. "와!" 그가 말했다. "콩나무가 얼마나 큰지 궁금한 걸." 잭은 콩나무를 오르기 시작했다. 하지만 그는 그 꼭대기를 찾을 수 없었다. 그는 오르고 또 올랐다.

p. 18-19　곧, 그는 구름들 위에 있었다. 그는 그 중 한 구름 위에 있는 한 채의 아름다운 성을 보았다. "정말 멋진 성이구나." 그가 말했다. "내가 가서 한번 봐야지." 그는 구름 꼭대기를 따라 걸었다. 그는 그 성에 도착했다. 커다란 나무 문이 하나 있었다. 잭은 문을 두드렸다. "여보세요." 잭이 말했다. "집에 누구 계시나요?" 아무도 대답하지 않았다. 잭은 그 거대한 문을 잡아당겨 열었다. "여보세요?" 그는 다시 외쳤다. 갑자기, 잭은 매우 큰 소리를 들었다.

p. 20-21　그것은 여자 거인의 소리였다. 그 여자 거인은 잭을 향해 걸어왔다. "너 여기서 뭐 하는 거니?" 그녀가 물었다. "죄송해요." 잭이 말했다. "제가 노크를 했는데 아무런 대답이 없어서요. 저는 하루 종일 걷고 올라왔어요. 전 정말 배가 고프고 피곤해요. 먹을 것 좀 얻을 수 있을까요? 제가 쉴 만한 곳이 있을까요?" 여자 거인은 잭을 보았다. 그는 매우 피곤하고 배가 고파 보였다. 그녀는 그를 가엾게 여겼다.

p. 22-23　　그녀는 잭에게 엄청나게 큰 빵 한 조각을 주었다. "여기 있어." 그녀가 말했다. "이걸 먹어. 이 쥐구멍에서 쉬렴. 하지만 조심해. 내 남편이 아침에 집에 올 거야. 그는 어린 소년들의 냄새를 맡을 수 있어. 그리고 그는 어린 소년들을 먹기 좋아하지. 그가 집에 오면 넌 도망가야 해." "고맙습니다, 거인 아주머니." 잭이 말했다. 잭은 그 빵을 먹었다. 그는 쥐구멍에서 잠이 들었다.

[제 2 장] 구름 속에서

p. 26-27　　잭은 눈을 떴다. 아침이었다. 그는 아주 무서웠다. 그는 매우 시끄러운 발자국 소리를 들었다. "그 거인임에 틀림없어." 잭이 생각했다. "그는 정말 큰 게 분명해." "어린 소년의 냄새가 나는 걸." 그 거인이 외쳤다. "그 냄새가 나를 매우 배고프게 만드는군." 그 거인은 집 주위를 걸어 다녔다. 그는 그 작은 소년을 찾고 있었다. 그는 거대한 소파 하나를 집어 올렸다. "흠. 여기에는 없군." 그가 말했다. 그는 서랍장을 들어서 그 아래를 보았다. "여기에도 없어."

p. 28-29　　잭은 쥐구멍 밖을 내다보았다. 그는 커다란 금 한 자루를 보았다. 그것은 거인의 금이었다. 그는 또한 현관이 열려 있는 것을 보았다. 거인이 문 닫는 것을 잊어버렸던 것이다. 잭은 금이 있는 곳으로 살금살금 걸어갔다. 그는 금으로 자신의 주머니들을 채웠다. 그는 그것을 다 가져갈 수 없었다. 잭은 매우 겁이 났다. "저 거인이 나를 발견하면 나를 잡아먹을 거야." 그가 생각했다. "그리고 나는 사실 그의 금을 가져가서는 안 돼. 하지만 어머니가 잡수실 게 없어. 나는 이 금으로 많은 음식을 살 수 있어."

p. 30-31　　그는 그의 주머니에 조심스럽게 금 조각들을 넣었다. 하지만 그는 실수로 한 개를 떨어뜨렸다. 쨍그랑! 그 금은 시끄러운 소리를 내었다. "뭐야?" 거인이 소리쳤다. "어린 소년이군. 그리고 그 애가 내 금을 훔치고 있어. 여기로 돌아와. 내가 너를 잡아먹겠다." 잭은 현관으로 도망쳤다. 거인은 그를 뒤쫓았다. 잭은 작고 빨랐다. 그는 구름들 속으로 뛰어들어가 숨었다. 거인은 잭이 보이지 않았다.

p.32-33　　곧 거인은 잭을 찾는 것에 싫증이 났다. "아아아." 그가 고함쳤다. 거인은 매우 화가 났다. 하지만 그는 잭을 찾을 수 없었다. 그래서 그의 성으로 돌아갔다. 잭은 머리에 난 땀을 닦았다. "휴!" 그가 말했다. "아슬아슬했어. 집에 가는 게 좋겠다." 그는 콩나무를 타고 다시 내려왔다. 그는 집으로 들어갔다. 그의 어머니가 기다리고 있었다.

p. 34-35　　"잭." 그녀가 말했다. "어디에 있었니? 하루 종일 널 찾으러 다녔잖니!" "어머니를 위한 선물이 있어요." 그가 말했다. 그는 주머니를 비웠다. 잭의 어머니 눈이 휘둥그래졌다. "아." 그녀가 말했다. "금이 아주 많구나! 이걸 어디에서 구했니?" 잭은 어머니에게 이야기를 해주었다. "절대로 훔치면 안 돼, 잭." 어머니가 말했다. "하지만 그 거인은 정말 못

된 것 같구나. 어린 소년을 먹다니. 사실, 난 네가 그의 금을 가져와서 기쁘단다." 잭은 시장에 갔다. 그는 어머니를 위해 많은 음식을 샀다.

[제 3 장] 콩나무 아래로

p. 38-39   잭과 어머니는 좋은 음식을 많이 먹었다. 그들은 여러 달 동안 잘 먹었다. 하지만 얼마 지나자, 금이 더 이상 없었다. 그는 음식을 살 돈이 더 이상 없었다. 그는 콩나무를 보았다. "흠." 그가 생각했다. "그 크고 늙은 거인이 더 많은 금을 가지고 있는 게 확실해. 하지만 그건 너무 위험해. 그 거인이 나를 다시 잡아먹으려 할 거야." 잭은 어찌할 바를 몰랐다. 잭은 잠시 동안 생각했다. 그는 가엾은 어머니를 보았다. 그녀는 정말로 배가 고팠다.

p. 40-41   다시 한 번, 잭은 콩나무에 올랐다. 그는 더 멀리 멀리 위로 올랐다. 그는 구름 꼭대기에 닿았다. 잭은 성으로 다시 걸어갔다. 그는 담에 올라서 안을 보았다. 거인은 안 보였다. 여자 거인 또한 보이지 않았다. 그는 창문을 넘었다. 잭은 집 주위를 걸어 다녔다. 하지만 금을 전혀 찾지 못했다. "난 정말 지쳤어." 그는 생각했다. "다시 그 쥐구멍에서 낮잠을 자야 할까 봐." 잭은 쥐구멍으로 갔다. 그는 빠르게 잠이 들었다.

p. 42-43   아침에, 그는 귀에 익은 소리를 들었다. 그것은 시끄러운 발자국 소리였다. 거인은 이상하게 생긴 암탉을 들고 있었다. 거인은 잭이 있는 근처 바닥에 암탉을 두었다. 그는 고개를 들어 공기 냄새를 맡았다. "무엇인가가 나를 배고프게 하는군." 그가 말했다. "저녁식사가 어디 있지?" 거인이 가버렸다. 잭은 암탉을 자세히 보았다. 그것은 이상한 소리를 내고 있었다. 그때, 암탉 아래 무언가 빛나는 것이 있었다. 그것은 황금알이었다.

p. 44-45   "저것은 매우 특별한 암탉이구나." 잭이 생각했다. 그는 부엌에 있는 거인을 보았다. 거인은 솥에 있는 음식을 먹고 있었다. 그의 머리 전체가 솥 안에 있었다. 잭은 암탉을 움켜잡고 문을 향해 뛰었다. "꽥!" 암탉이 울었다. 거인은 솥을 떨어뜨리고 일어났다. "이럴 줄 알았어. 그 어린 녀석이 다시 돌아왔어. 이번에는 내가 널 잡을 거야. 널 먹을 거야." 잭은 구름들 속으로 뛰쳐나갔다. 그는  뭉게구름 안에 숨었다. 잭은 암탉의 부리를 손으로 막았다. 그렇게 하니 암탉은 꽥꽥 울 수 없었다.

p. 46-47   거인은 잭을 사방으로 찾았다. 그는 잭을 찾을 수 없었다. 그는 매우 화가 났다. "이번에는 너를 찾고 말겠다." 그가 외쳤다. 잭은 구름들 사이로 재빠르게 걸었다. 곧, 잭은 콩나무 가까이에 왔다. 거인은 멀리 있었다. 그는 암탉의 부리를 놓아 주었다. 그는 콩나무를 잡아야 했다. "꽥꽥." 암탉이 울었다. "아하, 거기 있구나. 준비해라, 꼬마야. 이제 너를 잡아먹겠다." 잭은 재빠르게 콩나무를 타고 내려왔다. 하지만 거인은 컸다. 그는 느리게 내려왔다.

p. 48-49 잭은 땅에 닿았다. 거인은 아직도 콩나무 멀리 위에 있었다. "빨리요, 나에게 도끼를 주세요, 엄마!" 잭이 외쳤다. 엄마는 그에게 도끼를 가져다 주었다. 잭은 콩나무를 베었다. "아, 안 돼!" 기인이 외쳤다. 거인과 콩나무가 쓰러졌다. 거인은 매우 멀리 떨어졌다. 그것이 잭이 거인을 마지막으로 본 순간이었다. 그 후에 암탉은 매일 아침마다 황금알을 한 개씩 낳았다. 잭과 엄마는 행복하게 살았다.

 골딜락스와 곰 세 마리

p. 56-57 이 이야기는 아름다운 숲 속에서 오래 전에 일어난 일이다. 골딜락스는 아름다운 소녀였다. 그녀는 긴 금발머리를 가지고 있었다. 그녀는 엄마, 아빠와 집에 사는 것을 매우 좋아했다. 하지만 그녀는 궁금했다. 그녀는 세상이 보고 싶었다. 그래서, 어느 날, 그녀는 집을 나섰다. 그녀는 큰 숲속을 걷기 시작했다. 얼마 후에 그녀는 피곤해졌고 배가 고파졌다. 그녀는 휴식을 취하고 먹을 수 있는 장소를 찾았다. 그녀는 집 한 채를 발견했다.

p. 58-59 골딜락스는 문을 두드렸으나 아무도 대답하지 않았다. 그녀는 문을 열고 들어갔다. "여보세요? 여기 누구 계신가요?" 하지만 아무도 대답하지 않았다. 그녀는 부엌 탁자를 보았다. 죽 세 그릇이 있었다. 그녀는 첫 번째 그릇에 있는 죽을 맛보았다. "아야!" 그녀는 말했다. "이건 너무 뜨거워." 그녀는 두 번째 그릇에 있는 죽을 맛보았다. "흠." 그녀가 말했다. "이건 너무 차가워." 그녀는 세 번째 그릇에 있는 죽을 맛보았다. "냠냠!" 그녀가 말했다. "이건 딱 좋다." 골딜락스는 죽을 다 먹었다.

p. 60-61 "그거 참 맛있었네," 그녀가 말했다. "이제 앉아야겠어." 집에 세 개의 의자가 있었다. 그녀는 첫 번째 의자에 앉았다. "이 의자는 너무 커." 그녀가 말했다. 그녀는 두 번째 의자에 앉았다. "이 의자는 조금 크다." 그녀가 말했다. 그녀는 세 번째 의자에 앉았다. "이 의자는 딱 알맞아." 골딜락스는 의자에 잠시 동안 앉았다. 갑자기, 의자가 부서졌다. 골딜락스는 땅에 부딪쳤다. 그녀는 엉덩이를 문질렀다.

p.62-63 "아, 안 돼." 그녀가 말했다. "난 이제 어디에서 쉬지?" 그러고 나서, 그녀는 세 개의 침대를 보았다. 그녀는 첫 번째 침대에 누웠다. "이 침대는 너무 딱딱해." 그녀가 말했다. 그녀는 두 번째 침대에 누웠다. "이 침대는 너무 푹신해." 그녀가 말했다. 그녀는 세 번째 침대 누웠다. "이 침대가 딱 좋다." 골딜락스는 빠르게

잠이 들었다. 곧 세 마리의 곰이 집으로 들어왔다. 아빠 곰, 엄마 곰, 그리고 아기 곰이었다.

p. 64-65　　"즐거운 우리 집." 엄마 곰이 말했다. "이제 죽을 먹을 수 있겠다. 이제는 틀림없이 식었을 거야." 그들은 부엌 식탁을 보았다. "누군가 내 죽을 먹고 있었어." 아빠 곰이 말했다. "누군가 내 죽도 먹고 있었어." 엄마 곰이 말했다. "누군가 내 죽도 먹고 있었어요." 아기 곰이 말했다. "그리고 전부 다 없어졌어요." "누군가 내 의자에 앉아 있었어." 아빠 곰이 말했다. "누군가 내 의자에도 앉아 있었어." 엄마 곰이 말했다. "누군가 내 의자에도 앉아 있었어요." 아기 곰이 말했다. "그리고 내 의자가 부서졌어요."

p. 66-67　　"누군가 내 침대에서 자고 있었어." 아빠 곰이 말했다. "누군가 내 침대에서도 자고 있었어." 엄마 곰이 말했다. "누군가 내 침대에서도 자고 있었어요." 아기 곰이 말했다. "그리고 거기에 아직도 있어요!" 세 마리 곰은 머리를 긁었다. 그들은 당황스러웠다. 골딜락스가 잠에서 깨었다. 그녀는 세 마리의 곰이 자신을 쳐다보고 있는 것을 보았다. "아아아!" 그녀는 소리를 지르며 그 집에서 뛰쳐나갔다. 그녀는 집으로 계속 뛰어갔다. 그녀는 교훈을 얻었다. 누군가의 집에 들어가기 전에는 반드시 초대를 받아야 한다는 것을.

붉은 암탉

p. 72-73　　옛날 옛적에, 작은 붉은 암탉 한 마리가 농장에 살았다. 그것은 아름다운 농장이었다. 암탉은 매우 행복했다. 하지만 음식이 그다지 많지 않았다. 암탉은 땅을 긁었다. 암탉은 먹을 곤충이나 벌레를 찾고 있었다. 하지만 한 마리도 찾지 못했다. 대신에 암탉은 밀 몇 알을 찾았다. 암탉은 밀알을 모두 집어 들었다. 암탉은 그것들을 한 무더기로 차곡차곡 쌓아 올렸다.

p. 74-75　　어느 날 아침, 암탉은 친한 친구 키티 캣에게 다가갔다. "키티 캣, 오늘 나 좀 도와줘. 밀을 좀 심어야 하거든." "야옹." 키티 캣이 말했다. "난 오늘 바빠. 내 털을 깨끗이 해야 하거든." 암탉은 친한 친구인 레이지 랫에게 갔다. "레이지 랫, 오늘 나 좀 도와줘." "찍찍." 레이지 랫이 말했다. "하고 싶지 않은 걸." 암탉은 친한 친구 슬리피 덕에게 갔다. "슬리피 덕, 오늘 나 좀 도와줘." "꽥." 슬리피 덕이 말했다. "난 너무 졸려. 낮잠 자야 해." "좋아!" 작은 붉은 암탉이 말했다. "나 혼자 해보겠어."

암탉은 들판으로 낟알들을 가지고 갔다. 암탉은 부리로 많은 작은 구멍들을 냈다. 키티 캣, 레이지 랫 그리고 슬리피 덕은 모두 그 작은 붉은 암탉을 보았다. "하하," 그들이 웃었다. "어리석은 암탉 같으니라고. 왜 저런 걸 하지? 쟤는 쉬어야 돼. 쉬는 게 일하는 것보다 나아."

여름 동안 밀이 자랐다. 작은 붉은 암탉은 잡초를 긁었다. 암탉은 매일 밀에 물을 주었다. 가을에 밀은 키가 커졌다. 그것은 아름다운 황금색이었다.

작은 붉은 암탉은 세 마리의 친구에게 갔다. "내가 밀을 베는 걸 누가 도와줄래?" "난 오늘 바빠." 키티 캣이 말했다. "난 하고 싶지 않은 걸." 레이지 랫이 말했다. "나는 너무 졸려," 슬리피 덕이 말했다. "좋아," 작은 붉은 암탉이 말했다. "나 혼자 할 거야." 작은 붉은 암탉이 밀을 베었다. 암탉은 한 무더기의 밀을 갖게 되었다. "내가 방앗간에 밀을 가져가는 걸 누가 도와줄래?" "난 오늘 바빠." 키티 캣이 말했다. "난 하고 싶지 않아." 레이지 랫이 말했다. "나는 너무 졸려." 슬리피 덕이 말했다. "좋아." 작은 붉은 암탉이 말했다. "나 혼자 할 거야." 암탉은 맷돌로 밀을 가져갔다.

암탉은 큰 돌 밑에 밀 조각들을 놓았다. 암탉은 부리로 돌을 움직였다. 천천히 밀은 밀가루가 되었다. 다음에 암탉은 빵을 구워야 했다. 암탉은 친구들에게 부탁하지 않았다. 암탉은 무슨 대답이 나올지 알았다. 암탉은 세 친구들을 보았다. 그들은 아무것도 하지 않았다. 그들은 전혀 아무것도 하지 않았다. 그들은 단지 태양 아래 누워 잠만 잤다. "허." 작은 붉은 암탉이 말했다. "나는 그들처럼 게으르지 않아서 정말 기뻐."

작은 붉은 암탉은 밀가루를 가져가서 빵으로 구웠다. 암탉은 여러 개의 빵 덩어리를 가지게 되었다. 그것들은 신선하고 맛있었다. "내가 빵 먹는 것을 누가 도와줄래?" 암탉은 자신의 세 마리 친구에게 물었다. "나." 고양이가 말했다. "나." 쥐가 말했다. "나." 오리가 말했다. "아니, 너희들은 먹지 못할 거야," 작은 붉은 암탉이 말했다. "내가 일을 다 했어. 나는 혼자서 빵을 다 먹을 거야." 그리고 암탉은 그렇게 했다. 작은 붉은 암탉은 혼자서 빵을 다 먹었다.

David O'Flaherty
University of Ottawa, Ottawa, Canada
(M.A. Globalization and International Development)
Carleton University, Ottawa, Canada
(B.A. English Language and Literature)
Chungdahm Learning, Instructor

행복한 명작 읽기 **Basic 2**

잭과 콩나무 | 골딜락스와 곰 세 마리 | 붉은 암탉
Jack and the Beanstalk | Goldilocks and the Three Bears |
The Little Red Hen

각색 David O'Flaherty
펴낸이 정규도

초판 1쇄 발행 2012년 1월 16일
초판 5쇄 발행 2022년 10월 4일

편집장 최주연
책임편집 김지영
디자인 정현석, 김나경, 박수경
일러스트 이은주
녹음 Jane Ross, Samantha Harmon
번역 김지은

다락원 경기도 파주시 문발로 211
내용문의 (02)736-2031 내선 523
구입문의 (02)736-2031 내선 250~252
Fax (02)732-2037
출판등록 1977년 9월 16일 제406-2008-000007호
Copyright © 2012, 다락원

값 7,000원(오디오 CD 1개 포함)
ISBN 978-89-277-0300-6 48740 / 89-7255-905-9 48740(set)

http://www.darakwon.co.kr
다락원 홈페이지를 방문하시면 상세한 출판 정보와 함께 MP3 자료 등
다양한 어학 정보를 얻으실 수 있습니다.

WOW! Smart Grammar 1, 2, 3
스토리를 타고 흐르는 기본 핵심 영문법!

흥미로운 스토리에 기반한 생생한 예문과 단계적인 연습문제
중학교 시험 · 공인 영어 시험 대비도 OK! Review Test
부담 없이 익히는 영어권 문화 상식 Super Duper Fun Time

각 권 12,000원(본책+워크북+단어장 포함), 연구용 별도

초등 영어 공부의 스마트한 해결사 !

WOW! Smart Vocabulary 1, 2, 3, 4, 5
단어에서 문장을 넘어 스토리까지!
하나의 Unit을 두 개의 쌍둥이 Lesson으로 스마트하게, 입체적으로 익혀요

Nonfiction과 Fiction의 쌍둥이 Lesson으로 하나의 주제를 입체적으로 학습
교과부 새 기본어휘 목록에 따라 엄선한 초등 · 중학 · 확장어휘 표제어 1,160개
단어에서 문장과 스토리로 나아가는 단계적인 연습문제

각 권 9,500원(본책+워크북 포함)

영어 독해력은 물론 창의적 사고력까지 키워주는
수준별 명작 스토리 북 시리즈

행복한 명작 읽기

왕초보를 위한 250단어 Basic 수준에서
초보자~중고급자를 위한 350단어~1,000단어 수준까지
6단계로 구성한 독해력 증강 프로그램

● 교과부 제시 기본 어휘를 바탕으로 꼼꼼하게 설계한 단계별 · 수준별 프로그램
● 친절한 어구 · 문법 설명, 독해 · 리스닝 길잡이, 이해력 확인 퀴즈
● 전문 미국인 성우의 생생한 연기로 드라마보다 재미있는 오디오 CD

다락원 www.darakwon.co.kr
tel. 02-736-2031(250~252)

각 권 7,000원(본책 + 오디오 CD 1장 포함) / 어린 왕자 8,000원(본책 + 오디오 CD 2장 포함).
고도를 기다리며 9,000원(본책 + 오디오 CD 2장 포함)